Näppituntumalla

Veikko Pulkkinen

Näppituntumalla

Pakinoita vuosien varrelta

Kannen taustakuva ja takakannen teksti Jorma Haverinen

Kustantaja: BoD – Books on Demand, Helsinki, Suomi
Valmistaja: BoD – Books on Demand, Norderstedt, Saksa
ISBN: 978-951-56-8023-5

Sisällysluettelo

Sisällysluettelo

Alkuräjähdys

Luomiskertomus on nykyaikana mennyt kokonaan uusiksi. Maailmaa ei olekaan luotu kuutena päivänä, vaan se on syntynyt alkuräjähdyksen seurauksena. Luoja on vaan yksinkertaisesti jonain aamuna päättänyt, että ei kannata niin vaivalloisiin lapiohommiin ryhtyä kun kerran parempiakin konsteja on olemassa. Ilmeisesti hän on ajatellut, että kuvitelkoot raamatunhistorian kirjoittajat mitä tahansa, mutta ei tähän mitään kuutta päivää tarvita. Ei muuta kuin kasa tynämiittiä, nalli ja tulilankaa, niin sillähän se homma hoituu. Nimismiehiäkään ei vielä tuohon aikaan ollut olemassa joten mitään tynämiitin ostolupia ei tarvinnut hankkia.

Heti kun paukku oli valmis, niin ei muuta kuin tulilanka palamaan. Ilmeisesti hän varalta kuitenkin on huutanut " ampu tulee!" sillä vaikka ihmisiä ei vielä ollutkaan olemassa, niin enkeleitä kuitenkin oli ja niistä taas ei koskaan tiedä missä ne milloinkin liihoittelevat.

Seuraavana aamuna aamulenkillä luoja on ihastellut mitä kaikkea eilen tuli tehtyä. Passaa siinä dinosaurusten nurmikolla tepastella! Ihmisen alkumuodot uiskentelevat vielä merissä ja järvissä muutaman millimetrin kokoisina alkioina. Saattaa niille raukoille tulla vilu kun syksyllä muikun kutuaikana vedet alkavat jäähtyä, Luoja miettii. No ei se haittaa vaikka ihmisalkioiden kasvu hieman hidastuu, koitenkin alkavat heti tappelemaan, kunhan pääsevät maalle.

Maapalloa tarkemmin katseltuaan Luoja tulee siihen johtopäätökseen, että maapallon kallistuskulmaa on hieman muutettava. Vaikka vatupassi ei tullutkaan mulkaan, niin eiköhän se onnistu ihan silmämäärällä. Kunhan aikanaan ihmiskunta kehittyy ja savotta-ajot alkavat, niin eihän ne varsiteiden pohjat pääse kylmämään, jos on liian leudot talvet. Kuten huomaamme on Luoja ollut tosi kaukonäköinen.

Antti

Ja nyt tuli kiire! Vaari tempaisee vettä lasiseen kulhoon ja sieppaa pyyheliinan naulakosta. Mitään liinaa ei ole aikaa ryhtyä pöydän päälle asettelemaan, vaan toimitus on aloitettava välittömästi.

On tapahtunut jälleen se suurin ihme mitä ihmisjärki ei koskaan ole kunnolla kyennyt käsittämään. Pienokainen on syntynyt tähän maailmaan. Vaikka meitä tämän maankamaran tallaajia on syntynyt miljardi toisensa jälkeen, niin jokainen yksilö on erilainen! Samaa tunne-elämää, ajatusmaailmaa ja järjenjuoksua ei ole kenelläkään toisella ihmisellä kuin nyt tuolla äsken syntyneellä pienokaisella. Eikä siinä vielä kaikki. Meitä ihmislajiin kuuluvia on anatomialtaan vielä kahta eri tyyppiä joiden vehkeet on luotu toisilleen sopiviksi! Ainutkertainen on ihminen!

Ikävä kyllä, tällä kertaa pienokaisen syntymä ei sujunut täysin onnellisissa merkeissä. Vauvan kasvot olivat tummansiniset ja hengitys kulki hyvin vaivalloisesti. Juuri alkanut elämänliekki saattoi katketa milloin hyvänsä. Vauvan isoisä päätti suorittaa hätäkasteen välittömästi. Ja koska kyseessä oli ensimmäinen lastenlapsi niin ukin kaimahan pienokasesta piti tulla. Niin vastasyntynyt sai Antti nimen, todennäköisesti kuitenkin hyvin lyhyen elämäntaipaleensa seuraksi.

10

Sattumaa, hyvää onnea, varjelusta, vai mitä. Siinä sitä onkin mietittävää, jos kuka sille päälle sattuu! Joka tapauksessa kävi niin, että tumma väri vauvan kasvoilta alkoi nopeasti hävitä. Hengitys palasi normaaliksi ja vauva alkoi huitoa käsillään ja osoitti pontevasti kaikenlaisia elämän merkkejä. Syntymätalossa äsken vallinnut suru ja apeus muuttui äkkiä suunnattomaksi riemuksi ja onnen tunteeksi. Vauva selvisi elämälle!

Nyt ei enää ollut mitään kiirettä. Touhukkaana häärinyt vaari pääsi lopulta kaikessa rauhassa tutustumaan vastasyntyneeseen. Vasta muutama hetki sitten hän oli pelännyt vauvan kuolevan ja toimi siksi hyvin ripeästi. Mutta nyt pienokaista tarkemmin tutkiessa ilmeni, että äsken tuli pidettyä liian kiirettä. Oli tapahtunut pahemman puoleinen haaveri. Mutta kerrankos sitä sattuu! Hämmentynyt vaari kääntyi lapsen vanhempien puoleen ja totesi yksikantaan: " Vittuhan tällä perkele on !".

Elämän yksinkertaistamista

Kovin monimutkaistahan se tämä ihmisen elämä pyrkii nykyaikana olemaan. Liekö sitten kukaan vakavissaan pohtinut, eikö tätä nykyistä elämänmenoa voisi jotenkin yksinkertaistaa. Keinoja elämän yksinkertaistamiseen kyllä varmaankin löytyisi.

Eikö esimerkiksi tulipalon sammuttaminen tulisi paljon yksinkertaisemmaksi jos palomies hälytyksen sattuessa voisi mennä suoraan autoon eikä tarvitsisi liukua ensin tankoa pitkin. Näin säästyisi kallista aikaa ja palopaikalle pääsi paljon nopeammin. Balettitanssijoiksi voitaisiin valita hieman pitempiä henkilöitä näin tanssijoiden ei tarvitsi nousta varpailleen ja tanssiminen kävisi paljon helpommin. Jokainen terveyskeskuksessa kävijä voitaisiin jo ennakkoon velvoittaa heilauttamaan jalkaansa. Tästä olisi se hyöty, että lääkärin ei tarvitsisi kopauttaa vasaralla polveen. Näin lääkärin kallista aikaa säästyisi enemmän muihin tutkimuksiin. Tavaratalojen pariovista voisi molemmat puolet olla lukitsematta. Näin asiakas pääsisi helpoimmin sisälle, eikä joutuisi ensin yrittämään sisälle siitä ovenpuolikkaasta joka on lukittu.

Jokapäiväinen elämä tulisi paljon helpommaksi ja miellyttävämmäksi jos ihmisiä ei pyrittäisi tietoisesti johtamaan harhaan.Pakkauksen kyljessä voisi olla teksti, "hajoitetaan tästä." Yleensähän pakkaukset mieluummin hajoavat, ennenkuin ne suostuvat avautumaan. Julkisia tiloja varten voitaisiin tietenkin järjestää naulakon suunnittelukilpailu. Vaatimuksena tulisi aina olla, että naulakosta tulee sellainen, että myös lakki pysyisi naulakossa, eikä putoaisi lattialle, niinkuin tänäpäivänä on asian laita. Metalliovien suunnittelijat ovat aivan erityisen neuvokkaita. He kun onnistuvat lähes poikkeuksetta suunnitteleman sellaisen oven, josta on mahdoton havaita, avautuuko ovi sisään vai ulospäin. Näin taataan se, että oven avaaja yrittää yleensä avata oven väärään suuntaan ja niin hänen naurunalaiseksi joutumisensa on suunnittelijoiden suureksi riemuksi taattu.

Toki saattaa olla myös niin, että jos kaikki ohjeet olisi laadittu yksinkertaisiksi ja selväkielisiksi, niin elämä kävisi liian yksitoikkoiseksi ja tavanomaiseksi. On jotenkin tuttua ja turvallista havaita, että juuri ostamasi kodinkoneen käyttöohjeet eivät olekaan tarkoitette tälle koneelle, vaan jollekin muulle saman sarjan koneelle. Toki elämässä saa kokea myös aitoa onnistumisen riemua, huomatessaan, että pesukoneen ohjelmat toimivat juuri päinvastoin kuin huoltokirjassa opastetaan.

13

Elämäntaistelua

Olin edellisenä päivänä käynyt terveyskeskuksessa ja saanut vaivoihini antibiooottikuurin. Yksi kapseli aamulla ja toinen illalla, kuuri loppuun.

Herään varhain seuraavana aamuna ja tunnen jotenkin sisimmässäni, ettei se mitä kutsumme ihmisen maalliseksi vaelluksesksi taida loppujen lopuksi niin pirullisen ikävää puuhaa ollakaan. Olo tuntuu tosi reippaalta ja pirteältä. Tiedän myös syyn mistä pirteyteni ja hyvänolon tunteeni johtuu. Tänä yönä nämä ihmiskehon nerokkaat taistelijat, silmiin näkymättömän pienet urhoolliset puolustussotilaat ovat aloittaneet suurhyökkäyksen bakteerien aiheuttamaa tulehdusta vastaan.

Millaista mahtaa heidän sotansa oikein olla? Onko mahdollisesti niin, että otettuani aamulla ensimmäisen lääkekapselin nieltyäni, joukot kutsuttiin ylimääräisiin kertausharjoituksiin. Illalla toisen kapselin nauttimisen jälkeen sotajoukot marssitettiin rajalle ja yöllä komentaja antoi hyökkäyskäskyn! Tuomitaanko siinä sodassa pelkurit ja muut rintamakarkurit kenttäoikeudessa? Saako hän mahdollisesti kunniamerkin, joka ensimmäisenä ryömii strategisesti tärkeälle kukkulalle konekivääriä kainalossaan raahaten? Entä pyyhkiikö patruunankantajat taistelun tuoksinassa hikeä otsaltaan? Siinähän niitä on kysymyksiä kerrakseen!

Mutta palataanpa takaisin todellisuuden maailmaan. Kuulun niihin suomalaisiin, jotka viime aikoina ovat sukututkimuksen avulla yrittäneet etsiä omia juuriaan.

Monen ankarissa olosuhteissa eläneen kaukaisen sukulaiseni elämäntaival näyttää menneinä vuosisatoina päättyneen usein jo jossakin neljän- ja viidenkymmenen ikävuoden välillä. Useimmat heistä todennäköisesti ovat menehtyneet sairauksiin joista tänäpäivänä antibiootit ottaisivat reilun selkävoiton jo melko lyhyen kamppailun jälkeen.

Joskus on tullut mietittyä miten kivalta tuntuisi, jos olisi olemassa jokin hyvä haltija, joka lähettäisi jonkun vaikkapa joskus tuhatseitsemänsataaluvulla eläneen ihmisen hetkeksi vierailulle nykyihmisten pariin. Mitä lääketieteen ja tekniikan saavutuksia hän mahdollisesti arvostaisi kaikkein eniten? Mitkä nykyelämän ilmiöt tuntuisivat tästä kaukaisesta vieraastamme kaikkein kummallisimmilta.

Ehkäpä sittenkin on parempi, ettei tuollaista hyvää haltijaa olekaan olemassa. Vieraamme menneisyydestä saattaisi kukaties kysyä: Koska nykyajan ihminen on kerran niin nerokas, että hän kykenee parantamaan sairauksia ja on kyennyt rakentamaan kaikennäköiset koneet ihmisen työtä helpottamaan, niin miksi hän ei kykene sietämään kanssaihmistä, jolla on erilainen ihonväri? Mitä silloin hänelle vastaisimme? Sano sinä!

Erehdys

Työnjohtaja hiihtää pahnosti salon poikki umpihankea pitkin. Edessä oli melkoisen rankka urakka. Mutta oikaiseminen salon poikki kannatti, sillä matka lyheni ainakin kymmenen kilometriä. Työnjohtaja oli siirtymässä työmaalta toiselle. Kaikesta huolimatta matkanteko sujui ihan miellyttävissä merkeissä, sillä metsätyönjohtajalle maisemat olivat perinjuurin tuttuja. Sitäpaitsi olihan matkan varrella muutamia talojakin, joiden asukkaat olivat hänelle entuudestaan tuttuja. Hiihtäessään hän oli päättänyt poiketa matkan varrella olevassa talossa. Tiedä vaikka talon väki olisi juuri päiväkahvilla ja silloin hänkin varmasti saisi kutsun kahvipöytään.

Niin kahvipöytään! Mitä minä tässä ajatuksissani hourailen. Sota on jatkunut jo vuosia ja kaikesta on pula. Eihän oikeata kahvia ole saanut enää vuosiin. Alkuun oli kahvin korviketta, jossa sentään oli joukossa jonkinverran oikeata kahvia. Nyt puhuttiin ainakin virallisessa kielenkäytössä kahvin vastikkeesta ja siinä ei oikeata kahvia ole tippaakaan joukossa. Olipa tuo nyt sitten kahvinvastiketta, tai mitä tahansa nimeltään, mutta ei se ainakaan aromillaan pysty hurmaamaan kahvinhimoista ihmistä. Mutta jotakin sitä sentään on suuhunsa laitettava. Ei sitä aina jaksa olla kuivin suin.

Kun aikansa jaksaa hiihtää pakertaa, niin tuleehan sieltä lopulta talo vastaan. Työnjohtaja jättää suksensa tantereelle ja astuu tupaan. Talon nuorempi väki on jossakin omissa askareissaan, inoastaan talon vanha emäntä on yksin tuvassa. Kaikesta huomaa, että talonväen totuttu kahviaika on jo takanapäin. Mutta ei se mitään. Työnjohtaja on arvostettu mies ja sitäpaitsi hän on talonväelle perinjuurin tuttu henkilö. Ei häntä talosta kuivin suin laiteta taipaleelle. Vanhaemäntä laittaa tulen hellaan, ryhtyy sitten keittämään kahvinvastiketta. Kahvinvastikkeet säilytettiin aina tuvan uunin päällä peltipurkissa, sillä muutoin ne eivät olisi pysyneet kuivina. Kosteassa tilassa säilytettynä ne olisi voineet vetää itseensä kosteutta ja kukaties jopa homehtuneet. Ne oli vähän samantapaisia säilytettäviä, kuin piipputupakkana käytetyt kessut, nekään eivät sietäneet kosteutta.

Aikansa istuttuaan ja hikeä kuivateltuaan työnjohtaja pääsi pöydän ääreen. Mutta vaikka hän oli jo matkasta väsynyt ja lääpästynyt, ei hän kaivannut "personkuppia", vaan tyytyi emännän tarjoamaan ensimmäiseen kupilliseen. Pian matkaa oli lähdettävä jatkamaan, sillä pimeä olisi pian tulossa.

Vähän ennen hämärän tuloa talon vanhaisäntä tuli ulkotöistä sisälle. Ensimmäinen askare oli tietenkin kessusätkän laatiminen. Isäntä huomasi heti paikalla, mitä oli tapahtunut. Tämä oli taas niitä päiviä, jolloin kaikki menee pieleen, jos on mennäkseen! Joku on päivällä siirtänyt uunin pankolla kessupurkin oikelle puolelle ja kahvinvastikepurkin vasemmalle puolelle. Tavallisesti ne olivat täysin päinvastaisessa järjestyksessä. Molemmat peltipurkit kun ovat samannäköisiä, eikä puolisokea vanhaemäntä pysty niitä eroittamaan toisistaan jos ne ovat väärässä järjestyksessä. Siinä on työnjohtaja saanut suuhunsa sellaiset ropit, että taatusti on unet kaikonneet silmistä, isäntä ajatteli sätkää poltellessaan!

Geeniteknologiaa

Geenitutkimuksesta on löytymässä apu sairauksien hoitoon ja ennaltaehkäisyyn. Sitä mukaa kun taudin aiheuttava geeni on löydetty, on mahdollista kehittää sopiva lääke, tai ainakin pystytään sairauden puhkeamista ennakoimaan. Tämä on tieteen alalla uusi aluevaltaus terveydenhoidon alalla. Paljon on lääketiede kyennyt tuomaan apua sairauksien kanssa kamppailevalle ihmissuvulle, mutta paljon olisi vielä tehtäviä jäljellä. Suurin osa ihmisen geeneistä taitaa olla vielä löytämättä ja tunnistamatta.

Varsinaisten sairauksien ohella ihmisellä on myös monia muita kärsimyksiä kestettävänään. Ajatellaanpa nyt vaikka sitä kuinka suurta riesaa ja henkistä kärsimystä esim vitutus aiheuttaa monille ihmisille. Se on vaiva, jolta ei ole suojassa ainoakaan ihmisyksilö. Usein juuri silloin kun sitä kaikkein vähiten kaipaisit, se iskee kaikella voimallaan ja niin on päivän tunnelma pilalla. Joku saattaa kenties närkästyneenä ajatella, että tuollaisen sanan käyttö ei ole sopivaa yleiskielessä. Ennenkuin nostat syyttävän sormesi pystyyn kannattaa kuitenkin ajatella, että olet kenties itsekin osasyyllinen siihen, että tuollaista sanaa joutuu käyttämään. Keksiköön joku paremman ilmaisun tuolle ihmisen sieluntilalle jos pystyy. Taisi jäädä keksimättä, vai mitä? Ei se ole samaa kuin harmi, paha mieli tai joku muu vastaava ilmaus. Se on yksinkertaisesti vitutus ja sillä selvä!

Odotan mielenkiinnolla päivää, jolloin television iltauutiset haastattelee jotakin sensaatiomaisen löydön tehnyttä geenitutkijaa. Ensi kertaa ihmissuvun historiassa on kyetty tunnistamaan vitutuksen aiheuttava geeni! Toki tutkija vakuuttelee haastattelua tekevälle toimittajalle, että tarvitaan vielä paljon tutkimustyötä, ennenkuin vitutuksen ehkäisyyn tarvittava lääke on markkinoilla.

Mutta ennenkuin vitutuksen oireita lievittävä lääke olisi kehitetty astuisivat kaikennäköiset huijarit, väärentäjät ja humpuukimaakarit esille. Ihmisen hädällä kun on helppo keinotella. Luonnontuotteita myyviin kauppoihin ilmestyisi "luonnon omaa yrttiuutetta" vitutuksen hoitoon. Joku alkaisi hoitaa oireita "energiavirtoja ohjailemalla". Potilas makaisi ilman paitaa hoitopöydällä vatsallaan ja hoitaja kuljettaisi käsiään potilaan hartioiden yläpuolella. Näin hän pystyisi vapauttamaan piilossa olleita energiavirtoja ja potilaan oireet lievittyisivät. Ennen pitkää myös uskolla parantajat rientäisivät hyvälle apajalle. Suurissa joukkokokouksissa henkiparantaja pistäisi kätensä oireista kärsivän potilaan pään yläpuolelle. Asiaan tietysti kuuluisi, että potilaan oireet häipyisivät hetkessä olemattomiin. Televisiotoimittaja haastattelisi tietenkin jotakuta henkiparantajan käsittelyssä ollutta potilasta. Potilas kertoisi kyynel silmäkulmassa kuinka hän on kärsinyt jatkuvaa vitutusta yli kolmekymmentä vuotta. Nyt henkiparantajan käsittelyn jälkeen oireet hävisivät hetkessä!

Pitkällisen ja sitkeän tutkimustyön tuloksena vitutuksen oireita lievittävä lääke tulisi vihdoinkin markkinoille. Voimakkaampivaikutteisen lääkepurkin kyljessä olisi teksti:" Kovaan, pitkäaikaiseen vitutukseen, enintään kolme taplettia päivässä. Pitempiaikaisesta käytöstä neuvoteltava lääkärin kanssa". Lääkkeestä tarvittaisiin myös kevyempi vaihtoehto lievempien oireiden hoitoon. Jotenkin tähän tapaan:" Tilapäisten vitutusoireiden hoitoon, 2-3 taplettia päivässä. Alle kolmivuotiaat, jotka pystyvät nielemään ainoastaan puoli taplettia päivässä

Homo erectus

Joskus hamassa muinaisuudessa ihminen kyllästyi nelijalkaiseen liikuntamuotoonsa ja alkoi kävellä pystyasennossa. Näin muotoutui homo erectus, eli suomeksi pystyihminen. Tämä ihmisen muodonmuutos on varmaankin vaikuttanut maailmanhistorian kulkuun enemmän kuin mikään muu tapahtuma.

Palatkaamme ajassa taaksepäin aikaan, jolloin ihminen ensimmäisen kerran nousi pystyasentoon. Edellisen yön tapahtumilla oli varmaan hyvin ratkaiseva merkitys. Alkuihmisen vaimo sattui sinä yönä nukkumaan kyljellään. Siksi hän ei myöskään kuorsannut sinä yönä. Äijä sai nukkua hyvin ja heräsi jo varhain aamulla pirteänä. Kun ihminen nukkuu hyvin, niin myös aivot saavat levätä kunnolla ja ovat aamulla kaikkein terävimmillään. Ei liene pelkkä sattuma, että juuri sinä aamuna sammalvuoteella loikoillessa se sitten välähti. Mitähän jos tänä aamuna nousisi pystyasentoon!

Ja niin äijä päätti kokeilla kahdella jalalla kävelemistä ennenkuin eukko ennättäisi herätä. Varovasti hän nousi ylös ja otti ihmissuvun historian ensimmäiset askeleet pystyasennossa. Onnettomuudekseen hän ei huomannut polulla ollutta puun juurakkoa ja niin ihmisen ensimmäinen kävely-yritys pystyasennossa päättyi kaatumiseen. Eukko heräsi tähän rysäykseen ja alkoi torua. "Mitä se siinä nousi näin aikaisin kompuroimaan, olisit nukkunut vielä!" Mutta eihän itsepäinen äijä luopunut uudesta kävelytyylistään, vaan otti sen pysyväisesti liikkumistavakseen. Ja niin toiset alkuihmiset alkoivat matkia häntä, sillä laumasieluhan se on ihmispoloinen.

Mutta vaikka vaimo aluksi torui pystyasentoon noussutta miestään, niin näin jälkikäteen täytyy myöntää, että on siinä sentään ollut viisas ja kaukonäköinen mies. Uusi kävelytyyli mahdollisti nenän kaivelemisen myös kävellessä ja onhan pystyasennossa liikkumisesta toki ollut myös taloudellista hyötyä. Kuvitelkaapa nyt jos ihmisellä olisi neljä jalkaa, niin maailmassa tarvittaisiin kenkiä kaksinkertainen määrä. Kaikki laskelmat osoittavat tämän täysin yhtäpitävästi todeksi.

Ehkä kaikkein suurin taloudellinen hyöty ihmisen kaksijalkaiseksi muuttumisesta on koitunut maamme kehitysaluekuntien asukkaille. Jos kenkiä tarvittaisiin kaksinkertainen määrä, niin luonnollisesti kehitysalueilla myös kenkätehtaiden konkurssit tuplaantuisivat. Olisi siinä kuntalaisilla maksamista!

Meidän suomalaisten on tästä ihmisen muodon muutoksesta syytä olla aivan erityisen kiitollisia. Nimittäin jos ihminen olisi jatkanut liikkumistaan neljällä jalalla, niin Suomelta olisi jäänyt saamatta kaikki keihäänheiton kultamitalit. Sillä tuskinpa kukaan on nähnyt nelijalkaista keihäänheittäjää!

Huonoa tuuria

On meneillään eräs syyskuun loppupuolen yö. Taivas on paksussa pilvessä ja eletään parhaillaan pimeän kuun aikaa. Lunta ei vielä ole maassa, joten tienoon peittää täydellinen pimeys. Tätä yötä kettutytöt ovat odottaneet jo pitemmän aikaa. Yö on kuin luotu turkistarhaiskua varten. Kaikki ennakkovalmistelut on suunniteltu huolella, joten ei muuta kuin toimeksi.

Läheskään aina ei ihmisen toimet toteudu niin kuin ennakkoon on suunniteltu. Tämän saivat myös kettutytöt karvaasti kokea tuona pimeänä yönä. Hyvää tuuria ei huolellisetkaan ennakkovalmistelut voi korvata. Paljon puhutaan myös hyvästä onnesta, mutta mitä se nyt onni on hyvän tuurin rinnalla, ei paljon mitään. Silloin kun hyvä tuuri kääntää ihmiselle takapuolensa, ei mikään onnistu kunnolla.

Jo pitemmän aikaa ovat tutemattomat avaruusoliot seuranneet maapallon elämää jostakin kaukaiselta planeetalta käsin. Sanomattakin on selvää, ettei maapallolla elävien ihmisten elämästä voi saada kovin tarkkaa kuvaa pelkästään pitkän etäisyyden päästä tarkastelemalla. Yksityiskohtaisempien tietojen saamiseksi olisi pakko tehdä salainen vierailu maapallolle. Vierailuajankohdaksi sovittiin pimeä syyskuun yö.

Avaruusolioilla oli erittäin hyvä pimeänäkökyky, joten pimeys ei ollut mikään este vierailun suorittamiselle. Ja niin äänetön avaruusalus laskeutui syyskuisena yönä tiheään metsikköön muutaman kilometrin päähän turkistarhasta.

Osa aluksen miehistöstä jää vartioimaan alusta, ainoastaan kaksi avaruusoliota lähtee tarkkailemaan ympäristöä. Heidän tehtävänsä ei ole helppo. Jos kohta salassapysymisen kannalta vierailu pimeänä yönä on sovelias ajankohta, niin on siinä myös omat huonot puolensa. Yöllä on vaikea löytää ketään ihmistä tutkimuskohteeksi, koska kaikki ovat aamupuolella yötä nukkumassa. Avaruusolioilla on kuitenkin hyvää onnea. Kaksi kettutyttöä on polulla menossa turkistarhalle päin.

Avaruusoliot ampuvat takaapäin äänettömällä aseella kaksi laukausta kohti kettutyttöjä. Molemmat tytöt saavat voimakkaan puudutuspiikin pakaraansa. Jo muutaman minuutin kuluttua he nukkuvat syvässä narkoosissa. Nopeilla otteilla avaruusoliot aloittavat tutkimustyönsä. Toinen tekee muistiinpanoja ja toinen suorittaa mittauksia. Ensin tytöt laitetaan kangassäkkiin ja suoritetaan punnitus. Seuraavaksi työntömitalla otetaan tarkat mitat pääkalloista. Ennenkaikkea heitä kiinostaa, onko kyseessä uhanalainen laji. Toinen tärkeä tutkimuskohde on, miten maapallolla kunnioitetaan ihmisoikeuksia. Onko näitä maapallon asukkaita kenties kidutettu jossakin elämänsä vaiheessa?

Kauhukseen avaruusoliot huomaavat, että tyttöjen ihossa on useampia lävistyksiä. Tyttöjen nenään, huuleen ja kielenkärkeen on jollakin lävistimellä kiinnitetty metallinkappaleet. Havaintojen perusteella on tehtävissä vain yksi johtopäätös. Heitä on äskettäin kuulusteltu valeoikeudenkäynnissä. Kun tunnustusta ei tytöiltä ole alkanut irrota, on ihon läpi työnnetty metallinkappaleita. Lopulta kun tyttöjä ei ole saatu puhumaan, on kieli lävistetty metallinkappaleella.

Avaruusolioilla alkaa käydä tyttöjen kohtalo sääliksi. Ilmeisesti tytöt ovat yön pimeyden turvin onnistuneet pakenemaan kuulustelupaikalta. Avaruusoliot jättävät tytöt nukkumaan polun varteen ja poistuvat nopeasti paikalta. Aamulla tytöt heräävät vahingoittumattomina. Yöllinen turkistarhaisku jäi tällä kertaa tekemättä. Tuuria on niin monenlaista, sekä hyvää, että huonoa!

Ihannemies

Siitä on jo vuosia, kun jotakuta missiä haastateltiin radiossa. Tavanomaisten asioiden jälkeen tuli se kaikkein tärkein kysymys:Millainen on ihannemiehesi? Ja tulihan se vastaus sieltä. Ihannemiehellä pitäisi olla Tarzanin kroppa ja Einsteinin aivot oli missin vankkumaton mielipide. Mikäpä siinä, miehen määritelmähän se on tietysti sekin, eikä taatusti huono olekkaan. Eihän Tarzanin kropassa enempää, kuin Einsteinin aivoissakaan liene mitään vikaa ollut.

Mutta toisaalta, miten olisi missin arkielämä mahtanut sujua näiden kavereiden kanssa. Ajatellaanpa nyt vaikka Tarzania. Juuri kun pitäisi kopistella matot, imuroida ja tiskata, niin äijänköriläs liukuu liaania pitkin ja huutaa jollottaa tympeällä äänellä. Kun siihen vielä apinat rummuttavat nyrkeillä karvaisia rintojaan, niin johan menisi missin päivä sekaisin. Eipä siinä juuri peilin edessä "nääläytymisestä" tulisi mitään.

Itsestään selvää tietysti on, että elämä Albert Einsteinin kanssa olisi ollut kovasti erilaista, kuin voimamies Tarzanin. Mikäpä estää meitä kuvittelemasta, miten missin ja Albert Einsteinin aamukahvin juonti olisi sujunut.

Ensimmäinen kupillinen alkaa olla jo lopuillaan ja missi miettii, miten aamun keskustelun avaus tulisi tehdä. Ei

29

kannata kysyä pidätkö uudesta kampauksestani, kun papiljotit on vielä yön jäljiltä päässä. Kysyisinkö, mitä pidät uudesta huulipunastani, vai ehdottaisinko, että lähdetään illalla kylään ensimmäisen perintöprinsessan luo? Nyt minä keksin, missi havahtuu! Rakas Albert, miten sinun yö meni, nukuitko hyvin? Einstein tuijottaa pienillä silmillään pöydän yli kauas tähtien maailmaan ja vastaa. "Kiitos kysymästä! Lonkkaa särki aamupuolella yötä, eikä lääkekaaapista löytynyt ainuttakaan burana kuussatasta, joten jouduin valvomaan, mutta eihän tuo valvominen mennyt ihan hukkaan, tulihan siinä mietittyä kaikenlaista" "Kuten esimerkiksi mitä?",missi kysyy kiinnostuneena. "Kun siinä valvoessa tuli ajateltua kaikenlaista, niin minä hoksasin, että valonsäde kaareutuu. Jos toiset tiedemiehet eivät sitä usko, niin tarkistakoot asian seuraavan auringonpimennyksen aikana, niin senjälkeen varmasti uskovat mokomatkin pölkkypäät. Olenhan minä jo sitä ennenkin vähän uumoillut, että massa ei voi saavuttaa valon nopeutta, mutta nyt viime yönä valvoessani minulle sekin asia valkeni lopullisesti" "Tuliko vielä jotakin muuta ajateltua?" turhautunut missi utelee.

"No kyllähän minulle siinä miettiessä valkeni, että kun kerran atomin halkaiseminen on mahdollista, niin kyllä lämpöydinpommin valmistaminen on myös mahdollista. Täytyykin tässä, kunhan päivä vähän valkenee, ryhtyä väsäämään kirjettä presidentti Rooseveltille. Sanokoon Oppenheimerille, että pistää Manhattan- projektin käyntiin."

Nyt Einstein ei enää puhu mitään, sillä hän on vajonnut omiin mietteisiinsä. On se ydinpommi sellainen ase, että siitä on oksat pois! Sen kun porskauttaa, niin taatusti lakkaa Hitlerin syöksypommittajat ulisemasta. Niin, ja V2-raketit sulaa lähtötelineeseensä kuin tinamurikat uudenvuodenyönä. Siitäpähän Hitler saa ansionsa mukaan, mokomakin juutalaisvihaaja! Niin, ja entäpä sitten Japanin Hirohito! Jollei se äijä opettele olemaan ihmisiksi, niin siinä vielä kimono kärähtää pahemman kerran. Saisi se äijä alkaa kaivaa poteroa Fudzijaman rinteeseen, jos aikoo vielä seuraavana kesänä käkeä kukuttaa!

Missi juo kahvinsa loppuun ja menee loukkaantuneena kylpyhuoneeseen. Hän riuhtoo papiljotit päästään ja viskoo ne meikkilaukun pohjalle. Olkoonpa kampaus minkänäköinen hyvänsä, ei se huomaa sitä kuitenkaan, Massa ja valonnopeus! Tänään on minun nimipäivä, mutta eihän se Albert muista edes sitä. Sellasia ne on ne miehet!

31

Ikääntyminen

Vanhenemista sanotaan nykyään useinkin ikääntymiseksi. Vanheneva ihminen on ilmeisesti sitten ikääntyjä. No, nimityksillä voi tietysti kikkailla miten hyvänsä, mutta jokatapauksessa ikä tuo tullessaan muutoksia ihmisen elämään. Valitettavasti iän mukanaan tuomat muutokset eivät välttämättä ole pelkästään myönteisiä.

Naisilla ikä aiheuttaa usein virtsan karkailua, kun taas monilla miehillä nämä ongelmat ovat päinvastaisia. Tilastotieteilijä saattaisi tietysti tähän sanoa, että keskimäärin asiat ovat silloin hyvin. Valitettavasti tilastotieteestä ei ole kovinkaan paljon lohtua yksilön kannalta. Lapsi perii ominaisuutensa puoliksi molemmilta vanhemmiltaan. Valitettavasti perimä ei oikein näytä toimivan tässä virtsaamistouhussa. Jos kerran äiti kärsii virtsan karkailusta ja isällä ongelmat ovat päinvastaisia niin silloinhan jälkeläisellä asiat pitäisi olla hyvin. Kuitenkin jokainen sukupolvi kärsii aikanaan tästä samasta ongelmasta. Miten perinnöllisyystieteilijät mahtanevat selittää tämän asian.

Toki on myönnettävä, että ei ihmisen ikääntyminen ole pelkästään kielteinen ilmiö. Kyllä ihmisen ikääntymisestä löytyy myös myönteisiä puolia. Jos jotakin asiaa ei ymmärrä, niin ainahan voi puolustautua sillä, että silmälasit eivät ole mukana. Kuulon heikkeneminen aiheuttaa usein myös ongelmia. Tosin on kyllä niin, ettei aivan kaikkea välttämättä tarvitse kuullakkaan. Hoitamatta jääneet asiat on taas helppo pistää huonon muistin syyksi. Kun muistin heikkeneminen on edennyt riittävän pitkälle, voi aloittaa puheet menneistä hyvistä ajoista. Myös muistelmien kirjoittaminen voi siinä vaiheessa tulla ajankohtaiseksi. Joku on sanonut, että mitä vanhemmaksi mies tulee, sitä kovemmin hän juoksee pikkupoikana. Olisiko kenties muistin heikkenemisellä joku osuus siihen, että pikkupojan vauhti kovenee sitä mukaa mitä vanhemmaksi muistelija on käynyt.

Muisti on sikäli kiitollinen ihmisen liittolainen, että se pyrkii pyyhkimään pois menneisyydestä kaikki ikävät ja epämieluisat asiat. Aika kultaa muistot, kuten sanotaan. Unohtamisen jalo taito on yksi ihmisen hienoinpia ominaisuuksia. Olkoon se jonkinlaisena lohtuna kaikista niistä vaivoista, mitä ikä pyrkii ihmiselle aiheuttamaan.

33

Isoisän kännykkä

Hei isä, mikä se tämä on! Poika katsoo kirjahyllyn lasioven takana kunniapaikalla säilytettävää matkapuhelinta. Isä puistelee päätään ja hänen kasvoilleen tulee syvästä turhautuneisuudesta kertova ilme. "Etkö tuota tunne! Sehän on isoisän ensimmäinen kännykkä. Se on ihan ensimmäistä sarjaa matkapuhelimia, mitä ylipäätään on maailmassa valmistettu. Älä koske siihen, se on tosi arvokas muisto ukilta" "En minä ole sellaisesta Aatamin aikuisesta vehkeestä kuullut koskaan edes puhuttavan! Mitä sillä kännykällä tehtiin", poika kysyy isältään. Isä ei jaksa salata kyllästymistään nykyajan nuoria kohtaan.

On ne nuo nykyajan nuoret, ei edes tiedetä mikä kännykkä oli. Ei sitä viitsitä edes sen vertaa olla kiinostuneta, miten maailmassa ennen elettiin. Valmiiksi se on tullut tämä nykyajan maailma. Melkein kaikilla on piisiru ihon alle upotettuna. Sen avulla voi aivojen kautta kommunikoida toisten ihmisten kanssa. Ei viitsitä enää liioin edes puhua! Toista se oli minun nuoruudessani! Ei sitä ollut aikaa laiskotteluun. Koulumatkallakin piti kännykkä korvalla kulkea. Yhtenään sai kysellä, missä sä oot, onks teillä siellä kivaa? Kyllä elämä oli muutenkin paljon kovempaa kuin nykyaikana. Rankkaa se oli opiskelu koulussa ennen. Yöt joutu valvomaan television ääressä ja illat pelattiin tietokonepelejä. Heti aamulla oli noustava kouluun. Kyllä sitä joskus oli tosi väsynyt koulussa. Ei nykyajan lapset tiedä miten rankkaa elämä oli ennen!

" Miksi ette sitten menneet illalla ajoissa nukkumaan?" "Koska väsytti aina koulussa", poika kummastelee. Eihän sellainen nynnyily olisi ollut muodikasta, jos illalla olisi mennyt ajoissa nukkumaan, isä suorastaan tuohtuu pojalleen. Et sinä tiedä entisajan elämästä yhtään mitään. Heti kun oli saanut ajokortin, oli aloitettava kortteliralli ja siinä meni kaiket illat ja joskus jopa yötkin. "Minusta tuntuu hiukan siltä, että entisajan elämänmeno ei ole ollut kovin järkevää", poika näpäyttää isälleen.

Saattaa hyvinkin olla mahdollista, että edellä kuvatun kaltainen keskustelu käydään joskus tulevaisuudessa. Sitä me tämän ajan ihmiset emme voi varmuudella tietää.

Julkkis

Roomaan sanotaan johtavan monta tietä. Mutta monta tietä on käytettävissä myös henkilöillä jotka pyrkivät julkisuuteen hinnalla millä hyvänsä. Tiedä sitten mikä julkisuuden henkilönä olemisessa niin kovasti viehättää. Kyllä julkkiksena oleminen asettaa varmasti ihmisen elämään myös tiettyjä rajoituksia.

Sanomalehtikuvassa on julkkiksen osattava istua saunan lauteilla alasti niin, että munat eivät juuri näy, mutta eipähän paljon puutukkaan. Jokaista julkisuuden henkilön suustaan päästämää sanaa tutkitaan tarkkaan, miten sitä voitaisiin käyttää asianomaista itseään vastaan. Tuskin sellainen on ajan oloon kovinkaan mukavaa elämää.

Hankalaa ja raskasta on julkisuus myös silloin,jos olet missi tai iskelmälaulaja. Jos menet naimisiin, niin sensaatiolehdistölle on ilmoitettava, että se oli rakkautta ensisilmäyksellä. Kuukauden kuluttua täytyy muistaa ilmoittaa välien rikkoutumisesta, koska kasvoimme puolisomme kanssa toisistamme erilleen. On muistettava alkoholisoitua ja tulla jossakin sopivassa tilanteessa uskoon. Ja kaiken aikaa lehdistö on pidettävä tilanteen tasalla. On siinä hommaa kerrakseen!

Kaikkein ikävin tilanne on henkilöillä, jotka eivät halua välttämättä osallistui julkisuuteen, mutta joutuvat sinne tahtomattaan. Tällaisia ovat jotkut huippu-urheilijat, esim. juoksijat. Ankaran harjoittelun ja itsekurin avulla urheilija saattaa aktiiviuransa aikana venyä olympialaisissa useampiin kultamitalisuorituksiin. Kun huippu-urheilijan aktiiviura aikanaan sitten päättyy, niin kuvanveistäjät värkkäävät juoksijasta näköispatsaan, jossa kultamitalisti joutuu munat paljaana juoksemaan seuraavat vuosisadat. On siinä kiitokset, että on kyennyt tuomaan kotimaalleen mainetta ja kunniaa!

Pistettäköön tähän pari vihjettä siitä, miten julkisuuteen pääseminen voisi olla mahdollista. Helpoin ja melko usein käytetty konsti on ryhtyä ennustamaan säätä puoleksi vuodeksi eteenpäin. Jos ennustus pitää likimainkaan paikkansa, saat varmasti julkisuutta osaksesi. Varmasti sinulta tullaan kysymään kuinka ihmeessä voit tietää tulevan talven tai kesän sään. Sensijaan jos ennuste tulevasta säästä menee täysin pieleen, niin kukaan ei aseta ennustajan taitojasi kyseenalaiseksi.

Toinen, joskin härskimpi konsti on vielä tehokkaampi. Silmää räpäyttämättä täytyy vaan ilmoittaa jollekin juorulehdelle, että kun tänä aamuna kävin noutamassa aamun sanomalehteä postilaatikosta, niin Elvis Presley asteli postipolulla ilmielävänä vastaan! Voit olla sataprosenttisen varma, että jostain löytyy se Huru-Ukko, joka jossakin sensaatiolehdessä selittää, ettei tiede pysty tällaisia mystisiä ilmiötä varmuudella kumoamaan! Luoja varjelkoon sitä tosikkoa, joka uskaltaa julkisesti ilmoittaa, että tällaiset näyt ovat täyttä humpuukia. Hän leimautuu julkisuuden hullunmyllyssä tiukkapipoiseksi niuhottajaksi, joka ei ymmärrä henkimaailmasta yhtään mitään.

Lehdistössä aletaan myös vihjailla, ettei tällaisella pelkästään tieteellisiin tosiasioihin tukeutuvalla tyypillä ole kaikki asiat pään sisäpuolella ihan kohdallaan!

Juopot miehet ja ruunahevoset

Ennen sanottiin, että juopot miehet ja ruunahevoset pitävät tämän yhteiskunnan pystyssä. Miten lienee tänä päivänä? Hevosia ei juuri enää metsätöissä tarvita ja alkoholin käytöstä koituu yhteiskunnalle nykyään myös kustannuksia, eikä pelkästään tuloja. Toisin oli ennen. Monelta jätkältä meni jokseenkin kaikki markat joko alkoholiin, tai tupakkaan ja loput mitä jäi jäljelle, hän maksoi valtiolle juopumussakkoina. Ainoa asia, mitä alkoholisti sai yhteiskunnalta joskus viisikymmenluvulla, tuli järjestyspoliisin pampusta.

Nykyään juopuneena esiintyminen yleisillä paikoilla ei enää ole rikos. Sen sijaan alkoholin nauttiminen yleisillä paikoilla ollaan vähitellen kieltämässä useimmissa kunnissa järjestyssäännön avulla. Hän, jolla ei ole kotia, tai ei sitten ole tottunut nauttimaan alkoholia kotonaan, saa palata takaisin joskus viisikymmenluvulla vallinneeseen käytäntöön. Menneinä aikoina kadulta mentiin jonkun autioituneen talon nurkan taa ryypylle.

Mutta ei tämäkään ole täysin ongelmatonta. Vanhat hökkelimäiset rakennukset ovat lähes kokonaan hävinneet useimpien asutustaajamien keskustoista. Monellakaan paikkakunnalla ei enää ole keskustan läheisyydessä vanhaa autioitunutta rakennusta, joka oli kuin tehty sitä varten, että sen nurkan takana saattoi näkösuojassa käydä naukkaamassa enemmän tai vähemmän välttämättömän ryypyn.

Nyt on olemassa vaara, että tällaisista ryyppyporukoista muodostuu vähitellen samanlainen uhanalainen laji kuin valkoselkätikoista, tai muista kolopesijöistä.

Eikö luonnonsuojelijoiden olisi syytä puuttua tähän epäkohtaan? Vaadittaisiin jokaiseen kirkonkylään tai kaupungin keskuspuistoon tai välittömään läheisyyteen rakennettavaksi ränsistynyt hökkelimäinen rakennus näkösuojaksi ryypylläkävijöitä varten. Ohjeet hökkelitalon rakentamista varten voisi hieman vapaasti kopioiden ottaa linnunpönttöjen teko-ohjeista. Rakennus olisi sijoitettava niin, että aamuaurinko pääsee sopivasti lämmittämään talon takapihaa. Rakennus tulisi sijoittaa riittävän kauas poliisilaitoksesta, muutoin sen käyttäjät saattaisivat hylätä sen. Laji on nimittäin erittäin ihmisarka ryypylläkäynnin aikana.

Mutta miksi sitten alkoholia ylipäänsä käytetään? Onhan pystytty täysin kiistattomasti osoittamaan, että ainakin liiallisesta alkoholin käytöstä on myös terveydellisiä haittoja. Tutkijat ovat esittäneet monenlaisia teorioita alkoholinkäytön syistä. Kaikkein luotettavin selitys alkoholijuomien käytölle lienee kuitenkin se, ettei muut juomat yleensä mene päähän.

Onko alkoholi sitten ihmiselle välttämätöntä ja tarpeellista? Nähtävästi ei. Ainakin olen joskus kuullut sanottavan, ettei alkoholi suinkaan ole tarpeellista, etenkin jos on riitävän hyvää pontikkaa saatavana!

Juri

"Anna markka! Minun on kovin nälkä, mama invalid, ei jalkoja". Nälkiintynyt viipurilainen katulapsi Juri katsoa napittaa silmiini ja esittää vetoomuksensa. Vaikka pojan omasta äidistään esittämät tiedot lienevätkin lähinnä keksittyjä tehokeinoja, niin pojan nälkiintynyt olemus kertoosiitä, ettei kysymys ole ammattikerjäläisestä. Hätä on varmasti todellinen.

Tunnen pistoksen sisimmässäni. Olen juuri ostanut viipurilaiselta torilta kassin täyteen kaikennäköistä rihkamaa, jota en todellisuudessa koskaan tule tarvitsemaan. Ojennan pojalle kymmenen markkaa täysin tietoisena siitä, että vaikka jakaisin maailman katulapsille kaiken mitä omistan, en tippaakaan kykenisi lievittämään heidän hätäänsä. Jurin kohtalotovereita on maailmassa kymmeniä miljoonia.

Kymmenellä markalla Juri saa jotain lievitystä senhetkiseen nälkäänsä ja toisaalta, jos antaisin hänelle enemmän, niin vahvemmat ryöstäisivät ne häneltä aivan varmasti.

Minkälainen tulevaisuus pienellä Juripojalla mahtaa olla edessään? Pystyykö hän selviytymään aikuisikään saakka?

Toivokaamme ainakin parasta. Toisaalta, jos käytämme mielikuvitusta, niin mikäpä estäisi meitä kuvittelemasta Jurille vaikka kuinka loistavaa tulevaisuutta. Esimerkiksi näin.

Hän onnistuu jotenkin selviytymään aikuiseksi. Hänestä kehittyy äärimmäisen lahjakas ja hän pystyy hyvin nopeasti omaksumaan kaikki poliittisen juonittelun ja häikäilemättömän etuilun temput. Oveluutensa ansiosta hän kykenee vähitellen kampittamaan poliittiset ja kaikki muutkin vastustajansa yksi toisensa jälkeen. Aikansa kamppailtuaan hänestä tulee suuren Venäjänmaan diktaattori.

Nopealla aikataululla Juri pistää maan talouden kuntoon. Hän kehittää myös maalle sellaiset asevoimat, ettei sellaista sotilasmahtia ole maailmassa ennen nähty. Kremlissä on juuri meneillään strategiapalaveri. Juri seisoo suuren karttapöydän takana kenraaliensa ympäröiminä. Hän tiedustelee kenraaleiltaan, mitä kautta maan asevoimilla on lyhyin tie Atlantin valtameren rannalle? Yleisesikunnan päällikkö vetää sormellaan kartalle viivan Suomen poikki.

Juri katsoo karttaa. Jassoo Suomi, hän miettii itsekseen. Minähän olen ollut suomalaisten kanssa lapsuudessani paljonkin tekemisissä. Kun olin nälkäisenä pikkupoikana Viipurissa, niin näitä suomalaisturisteja ihramahoineen pyöriskeli torin myyntipöytien ympärillä. He olivat äärimmäisen itsekästä ja perin omahyväistä porukkaa.

43

Suomalaiset eivät edes pyrkineet salaamaan, että he olivat omasta mielestään jotenkin parempaa väkeä. Vaikka minulla oli kova nälkä, eivät suomalaiset antaneet minulle kolikkoakaan ennenkuin rohkaisin luontoni ja menin pyytämään! Miten on nyt tuossa karttapöydän äärellä seisoessaan. Pystyykö suuri valtiomies Juri tuntemaan pienintäkään sääliä, tai myötätuntoa pientä Suomea kohtaan? Tuskinpa! Edellä kerrottu Jurin menestystarina oli pelkkää mielikuvitusta. Kannattaa kuitenkin muistaa, että tällä vuosisadalla jopa niin köyhän kyläsuutarin, kuin pikkuvirkamiehenkin poika ovat pystyneet myös käytännössä toteuttamaan lähes samantapaisen menestystarinan.

Aadolf Hitlerin menneisyydestä tiedämme lisäksi, että hänen silmittömän juutalaisvihansa taustalla oli ainakin osittain myös henkilökohtaisesti koetut nöyryytykset. Juri ja hänen kohtalotoverinsa kautta maailman eivät saa edes riittävästi ravintoa. Puhumattakaan, että he voisivat tuntea olevansa hyväksyttyjä ja rakastettuja lapsia. Miten sellaisessa maailmassa voisimme kuvitella vihan ja koston kierteen milloinkaan katkeavan.

Kansanterveyttä

Elämäntaivaltaan aloittelevan lapsen paras henkivakuutus on rokotus tartuntatauteja vastaan. Pieni harmi se on neulanpiston aiheuttama kipu silloin, kun voi välttyä vakavilta sairauksilta. Osaakohan kukaan edes arvailla, miten monen sairaan ihmiselämän tämä lääketieteen ihmekeksintö on pelastanut.

Oman varhaislapsuuteni muistikuvista juuri rokotus on yksi kaikkein vanhimpia. En ollut silloin täyttänyt vielä neljää ikävuotta. Mitään lastenneuvoloita, tai muita terveyspalvelun hienouksia ei lapsuudessani tietenkään vielä ollut olemassa. Kylän lasten rokotus tapahtui maalaistalossa. Ja syrjäisellä paikalla kun asuimme, niin rokotuspaikalle oli tietenkin aikamoinen matka. Neulan pistäminen ei varmaankaan minulle aiheuttanut mitään ertyisempiä kipuja, koskapa mitään sellaista ei ole jäänyt mieleeni.

Rokotuspaikalla en viitsinyt olla koko aikaa sisällä. Utelias lapsenmieli kaipasi katsastamaan, mitä mielenkiintoista nähtävää olisi ulkona. Ja olihan siellä. Sain ensi kerran elämässäni nähdä sellaisen tekniikan ihmeen kuin vinttikaivon. Oma tekniikan tuntemukseni ei varmaankaan ollut kovin vahva mutta lapsen ennakkoluulottomuudella yritin saada selville, miten laite toimii. Sikäli minulla oli huonoa onnea, että lähestyin tuota tekniikan luomusta väärästä suunnasta. Yrittäessäni katsoa ylös, juuri vastakkaisesta suunnasta paistoi aurinko. Auringonsäteiden häikäistyä silmäni, en voinut nähdä sitä, että vaijeri jonka päässä ämpäri roikkui, oli kiinnitetty nostopuomin yläpäähän kiinni. Tästä syystä vinttikaivon tarkastelijalle muodostui mielikuva, että taivaasta on laskettu alas vaijeri, jonka alapäähän vesiämpäri on kiinnitetty.

Vaikka tietämykseni ympärilläni olevasta maailmasta oli lähes olematon, niin taivaan olemassaolosta olin sentään kunnon luterilaisen tavoin tietoinen. Miten vaijeri oli saatu nostettua ylös korkeuksiin ja miten vaijerin yläpää oli kiinitetty taivaaseen, sitä en muista millään tavoin pohtineeni. Saattoi olla, ettei asia tullut edes mieleeni, tai kenties ajattelin niin, että on lähinnä taivaassa asuvien ongelma huolehtia siitä, miten he nämä kiinnitysasiansa hoitavat.

Auringon häikäistyä silmäni, kävi niin, ettei vinttikaivon rakennetta koskevat havaintoni osuneet aivan oikeaan. Toisaalta mistäpä tietää, miten kätevä sellainen vinttikaivo kenties olisi, koska kukaan ei ole sen toimivuutta vielä käytännössä testannut. On kuitenkin syytä todeta, ettei tuo reissu kaikesta huolimatta ollut turha. Sain tuona päivänä rokotuksen antaman suojan eräitä tartuntatauteja vastaan. Ja sitä suojaa kyllä pian tarvittiin. Muutaman kuukauden kuluttua alkaneella talvisodan evakkoreissulla oli vaanimassa monenlaiset kulkutaudit. En kuitenkaan sairastunut koko evakkoreissun aikana millään tavalla. Epäilemättä muutamaa kuukautta aikaisemmin suoritettu rokotus on yksi selitys sille, että säilyin terveenä. Terveys on ihmiselle siksi kallis asia, että sen rinnalla on samantekevää miten vinttikaivo toimii.

Kympin tytöt

Tuli taannoin katseltua televisiosta mediakomppanian ohjelmaa, kympin tytöt. Koulumenestyksestähän tuossa ohjelmassa keskusteltiin. Ei liene juuri aihetta hamassa muinaisuudessa supistetun kansakoulun käyneellä mennä tälle areenalle erityisemmin hillumaan. Mutta yllätys, yllätys. Kovin tutuiltahan ne ongelmat tuntuivat. Aivan hyvin olisi voinut kuvitella, että tytöt puhuvat omasta koulustani. Ahkerat ja lahjakkaat tytöt, sekä levottomat, häiriköivät pojat. Kun muistelee omaa kouluaikaansa, niin mitäpä tuohon olisi juuri lisättävää.

Poikien häiriökäyttäytyminen syy näyttää olevan koulumaailman ikuisuuskysymyksiin. Ja kuitenkin heidän joukostaan on tälle maalle siunaantunut niin presidenttejä kuin huipputaiteilijoitakin. Tuskinpa levottomuus oppitunneilla ja muukaan häiriökäyttäytyminen on sen enempää merkki jostain lahjattomuudesta kuin lahjakkuudestakaan.

Kautta aikojen ihmisyhteisöt ovat luoneet ympärilleen erilaisten normien ja arvojen verkostoja, ilmeisesti suojellakseen niillä itseään. Aika on tässä suhteessa kuitenkin ankara tuomari. Joka hetki se asettaa nämä arvot kovalle koitokselle ja jäljelle jäävät ainoastaan ne joilla on pysyvämpää merkitystä.

Kukaties tuollainen koulumaailman kauhu, häiriköivä poika onkin itseasiassa kehitystä eteenpäin vievä voima. Omalla käytöksellään hän tietämättään asettaa yhteiskunnan koko arvomaailman puolustuskannalle. Jatkuvasta puolustustaistelusta voittajana selviää yleensä ne arvot ja käyttäytymisnormit, joilla on kestävä perusta.

Mediakomppanian haastattelemat koulutytöt tuntuivat kummeksuvan sitä, miksi poikien piereskeleminen koulussa on yleisesti hyväksyttyä, mutta tyttöjen ei. Jos tuollainen "eriarvoisuus" kerran harmittaa, niin siihen on olemassa yksi hyvä ratkaisu. Yleensä maailmassa ei oikeuksia anneta, ne otetaan.

Vielä joskus nelikymmenluvulla iskelmiä lauleleva poika pyrki herättämään paheksuntaa koulussa. Tänä päivänä tenavatähti kilpailussa lännen lokaria laulavaa poikaa seuraa televisiosta miljoonapäinen katselijajoukko ihastuneena. Miten on, olisiko entisajan häiriköksi luultu lauleleva koulupoika omalta osaltaan ollut edistämässä suvaitsevaisemman ja vapaamielisemmän maailman syntymistä? Mene ja tiedä.

Tuskinpa mekään oman kouluni pojat aikoinaan olimme mitään mallioppilaita. Mieleeni on jäänyt kuinka erään kerran osoitimme taiteellista "lahjakkuutta". Rakensimme välitunneilla koulun pihamaalle luonnollisen kokoista alastonta naishahmoa esittävää lumiveistosta. Minäkin ekaluokkalainen olin muiden oppilaiden mukana.

rakentelemassa veistosta. Opettajallakaan ei näyttänyt olevan mitään isompaa huomautettavaa taideteoksemme johdosta. Vasta kun kävimme noutamassa metsästä naavoja taideteostamme elävöittämään, jouduimme erimielisyyteen koulumme naisopettajan kanssa. Tämä tapaus ei liene kuitenkaan maailmassa ainoa, jolloin taiteen eri tyylisuunnista on jouduttu riitelemään.

Keppi- Reetan muistomerkki

Reeta-Liisa ei koskaan elämänsä aikana ole kyennyt kävelemään ilman kainalosauvoja. Hän on ollut vammainen syntymästään saakka. Mutta onhan se elämä sujunut niinkin. Vammaisuudestaan huolimatta hän oli kuusikymmentä vuotta kestäneen elämänsä aikana ehtinyt tehdä varsin paljon työtä.

Lehtien riipiminen lampaille onnistui varsin hyvin. Nuotan ja verkkojen paikkaaminen onnisui myös vammaisuudesta huolimatta. Villojen karstaaminen etenkin talvisin oli lähes jokapäiväistä puuhaa. Koska Reeta-Liisan jalat eivät kunnolla toimineet, villojen kehrääminen ei onnistunut. Mutta siihenkin pulmaan oli olemassa ratkaisu. Veljen lapsista jokainen vuorollaan toimi rukin pyörittäjänä milloin Reeta- Liisa kehräsi villoja. Aina kun lapsi varttui niin isoksi, että kykeni jo raskaampiin töihin, hänet korvasi rukin pyörittäjänä ikäjärjestyksessä seuraava. Jokaisella oli perheessä oma paikkansa ja tehtävänsä eikä tarpeeton ollut kukaan.

Reeta-Liisan elämä ajoittui tuhatkahdeksansataaluvun vuosiin ja päättyi samanaikaisesti kuin se vuosisata jolla hän eli. Suuret valtiomiehet ja muut merkkihenkilöt saavat kuolemansa jälkeen patsaita ja muistomerkkejä. Mitä mahtavampi henkilö, niin sitä korkeampi patsas.

Muistomerkit ovat joko näköispatsaita, tai jotain muita korkeuksiin kohoavia kiemuroita. Asiaan kuuluu, että kun ihmisen arvo laskee, niin muistomerkit tulevat aina vain sitä matalammaksi, mitä vähämerkityksellisemmästä henkilöstä on kyse. Valtaosa ihmisistä ei tietenkään saa osakseen minkäänlaista muistomerkkiä kuolemansa jälkeen. Mitä jäi vammaisen Reeta- Liisan elämästä muistoksi jälkipolville? Mistä ylipäätään tiedämme, että hän on ollut olemassa?

Kainalosauvojen avulla liikuttaessa on tunnetusti oltava varovainen. Aina kun Reeta-Liisa tuli ulkoa sisälle, niin hän oli kynnyksen yli tultuaan tottunut asettamaan sauvan alapään lattialla samaan paikkaan. Vuosikymmenien myötä lattiaan muodostui kolo. Vaikka kolo syntyikin kulumalla, niin myöhemmin se huomattiin myös tarpeelliseksi. Jos sauvan alapää sattui olemaan ulkoa tultaessa märkä, niin se ei silti päässyt liukumaan kynnyksen yli tultaessa. Suurista honkalankuista tehty lattia on tunnetusti pitkäikäinen. Kävi niin, että lattiaan muodostunt kolo säilyi useita vuosikymmeniä vielä Reeta-Liisan kuoleman jälkeen. Kun seuraava sukupolvi aikanaan varttui, niin he kysyivät vanhemmiltaan, miksi lattiassa on kolo kynnyksen edessä. Samalla kun kolon mysteerio selvisi, he saivat kuulla myös Reeta-Liisan elämäntarinan, jonka myöhemmin myös kertoivat omille lapsilleen.

Kaikki ihmiset eivät voi elämässään tehdä suuria tekoja. On myös olemassa pieniä ihmisiä ja sitä kautta pieniä asioita. Siitä huolimatta myös pienen ihmisen elämä on arvokas, vaikka siitä ei jäisi jälkipolville muistoksi muuta kuin pieni kolo lattiassa.

Kesätapahtuma

Jokaisella kylällä tulee tänäpäivänä olla ikioma vuotuinen kesätapahtuma. Kyseesä voisi olla eukonkantokilpailua, saappaanheittoa, sääskien tappamista ja jalkapallon pelaamista suolla. Luultavasti juuri talvi on se vuodenaika jolloin otsa hiessä mietitään, mitä uusia tapahtumia keksittäisiin ensi kesän varalle.

Mistähän löytyisi sellainen kylä, joka rohkeasti lähtisi uudistamaan tätä kesätapahtumien sangen yksitoikkoista arsenaalia. Meidän jokaisen tulisi muistaa omassa iltarukouksessamme pyytää taivaan isän siunausta sille kylätoimikunnalle, joka toimisi aloitteentekijänä. Miksi ei iänikuisen saappaanheiton sijasta voitaisi järjestää kilpailua vaikkapa siitä, kuka nopeimmin purkaa hajoamistilassa olevan latoröttelön kylämaisemaa pilaamasta. Siinä sitä olisi kesätapahtumaa kerrakseen!

Miksi kukaan ei ole hoksannut ehdottaa uudeksi kesätapahtumaksi esimerkiksi sitä, että joukolla otettaisiin vesurit käteen ja mentäisiin maantieojan taakse metsään. Lähes jokainen omistaa maaseudulla ainakin pienen metsäpalstan, joten talkootyön hyöty jäisi talkooväelle itselleen. Perkkaamattomia metsiköitä kyllä löytyy aivan riittävästi jokaiselta kylältä. Epämääräinen pöheikkö muuttuisi nopeasti kauniiksi kylämaisemaksi jota kelpaisi näyttää vaikkapa matkailijoille. Ei tarvitsisi raahata lihavaa akkaa vesilammikon yli, ei pelata jalkapalloa suolla, eikä heittää kilpaa vanhaa saappaan ronttosta! Metsässä työskennellessä yhdistyisivät sekä huvi, että hyöty. Hyvinhoidettu metsä antaisi ajanoloon myös kipeästi kaivattuja rahatuloja. Metsästä jos mistä saisi myös mielenvireyttä ja valmiutta ottaa vatsaan tulevaisuuden haasteita. Kukaties siellä metsässä työskennellessä häipyisi myös muutama ylimääräinen kilo vyötäröämme kiristämästä.

Metsäinen luonto on erinomainen ihmisen liittolainen ja ystävä. Luonnon parissa askarrellessa asiat asettuvat oikeaan tärkeysjärjestykseen. Metsässä ihmisen mieli on altis etsimään uusia ulottuvuuksia. Ehkä metsäluonnossa työskennellessä pystyisimme paremmin oivaltamaan myös sen, että ainaisen valittamisen sijasta voisimme ehkä itsekin tehdä jotakin elinolojemme kohentamiseksi. Epäilemättä metsässä puuhastelu olisi kokeilemisen arvoinen kylätapahtuma.

Mikäpä olisi sen vetävämpi kylän käyntikortti kuin viihtyisä asuinympäristö? Jos kylän ulkoista kuvaa kyetään kohentamaan, niin varmasti kylällä viihtyy paremmin niin turistit, kuin paikalliset asukkaatkin. Ehkä ei ole niin oleellisen tärkeää miten pikälle saappaan onnistuu heittämään, tai miten nopeasti akkaa jaksaa raahata olkapäällään. Kylän ulkoisen kuvan kohentaminen saattaisi kukaties olla paljon mielekkäämpää puuhaa.

Kierrätystä

Tavaroiden kierrätys ja erilaisten jätteiden lajittelu uusiokäyttöä varten on vähitellen tulossa osaksi jokaisen ihmisen arkipäivää. Hyvä niin.

Menneinä aikoina kaikki tällainen kuului ihmisten elämään itsestään selvyytenä, koska ei yksinkertaisesti ollut varaa muuhun. Jos nopeasti kasvavan lapsen joku vaatekerta kävi liian pieneksi ennenkuin kului rikki, niin joko naapurin tai jonkun tuttavaperheen lapsi sai sen ilman muuta omaan käyttöönsä.

Koska taloissa tarvittavat erilaiset tarvekalut ja esineet pääosin valmistettiin itse, ei tavaroiden kierrätys, liian pieniksi käyneitä vaatteita luluunottamatta ollut erityisen tarkoituksenmukaista. Sensijaan loppuun kuluneiden ja rikkoutuneiden esineiden uusiokäyttö oli vakiintunut tapa. Jos hevosen rahkeet menivät kuormia kiskoessa poikki, kappaleet laitettiin visusti talteen. Niistä sai tehtyä vielä suksen varpaallisia, eli mäystimiä. Rikkikuluneista saappaista leikattiin varret irti, mikäli niissä suinkin oli vielä ehjää nahkaa jäljellä. Suutari käytti näin säästyneet nahkanpalat uusien kenkien valmistukseen. Kun nahkarukkasten kämmen kului hajalle, rukkasten selkäpuolet otettiin talteen. Ne soveltuivat mainiosti ainakin pienempien rukkasten tekotarpeiksi.

Loppuunkuluneiden villavaatteiden ehjät osat purettiin langoiksi ja käytettiin uudelleen. Riekaleiksi hajonneet alusvaatteet soveltuivat matonkuteiksi, tai lattian luutuamiseen. Kuluneet ja repeytyneet päällysvaatteet tallennettiin paikkaustarpeiksi seuraavaa vaatekertaa varten.

Milloin metsätyömiehellä sattui olemaan huonon tuurin päivä, saattoi sattua haaveri, sahan terä meni poikki.jos murtumakohta sattui olemaan lähellä sahan jompaa kumpaa päätä, porattiin terään uusi reikä ja niin oli vältytty uuden sahan ostamiselta. Metalliporaa ei metsätyömiehellä useinkaan ollut käytettävissä, mutta tähänkin pulmaan oli ratkaisu-l oppuunkuluneesta viilasta lohkaistiin vasaralla pieni pala joka sitten asetettiin puuporan leukojen väliin kaikkein terävin kulma ulospäin. Teräväkulmainen viilan kappale kaiversi sahaan uuden reiän varsin nopeasti.

Katkennut viikate kyettiin liittämään pajahitsauksena. Jos viikate oli jo vanha ja murtumakohta sattui lähelle viikatteen kärkeä, ei sitä yleensä enää liitetty. Lyhyt viikatteen tynkä soveltui mainiosti vesojen niittämiseen peltojen reunamilta.

Jos lasipulloja oli käytettävissä, oli niistä helppo valmistaa juomalaseja. Hommaan tarvittiin kaksi henkilöä. Ohut lanka kierrettiin pullon ympäri ja pullo kiinnitettiin tukevasti paikalleen. Vuorottainen veto langan molemmista päistä sai aikaan sen, että pullo alkoi lämmetä langan hankauskohdasta. Kun lämpöä oli muodostunut riittävästi, pullo pudotetiin nopeasti kylmään veteen.jäähtymään ja poks! Pullo meni poikki hankauskohdasta. Lasin reunat hiottiin ja niin oli juomalasi valmis!

Kiireellinen

Nykyajan kirottu ja manattu kummajainen kiire, näyttää olevan kaikkialla läsnä. Kiire on siitä hankala veitikka, ettei sillä ole muotoa eikä kasvoja. Miten sellaista sitten pystyt torjumaan tai vastustamaan! Ei ihme jos kiire on elämän piirileikeissä parinvaihtoa harrastaessaan onnistunut tempaisemaan myöskin monen eläkeläisen tähän kiduttavaan leikkiin mukaansa.

Kiire asustaa tavallisesti jossakin kaukana horisontin takana. Voidakseen olla uskottava, on jokaisen kiireellisen ihmisen tunnettava nämä kiirehtimisen pelisäännöt. Asiaan kuuluu, että kukaan ei ennätä tekemään mitään, koska on kiire. Jos tilaat ajan vaikkapa lääkärin tutkimukseen, niin ei hän välttämättä ennätä tutkimaan sinua, koska lääkärillä sattuu olemaan kiire. Kiire mihin? Kiire siitäkin huolimatta, että olet varannut ajan tutkimukseen jo puolitoista kuukautta aikaisemmin. Lääkäreillä näköjään on aina kiire silloin kun itse olet tutkimuksen kohteena. Mielenkiintoista olisi tietää, saako hän aikataulunsa kiinni juuri silloin, vai jatkuuko kiire kenties loputtomiin.

Lapsuudestani muistan erään talon emännän, joka ilmeisesti eli edellä omaa aikaansa. Hänellä oli aina kiire. Kerran hän oli juossut tiellä ja samalla kuljettanut vierellään polkupyörää. Naapurin ihmettelyyn miksi hän ei ajanut pyörällä, vaan juoksi sen rinnalla emäntä oli vastannut, että on niin kiire, ettei hän ennätä nousemaan polkupyörän päälle! Ehkäpä meidän ajalle ominainen kiire on hyvin samantapaista. Juoksemme elämä nimisen polkupyörän rinnalla ennättämättä hypätä kyytiin.

Hieman surullisin mielin joutuu näin eläkeläisenä toteamaan, ettei aikoinaan työelämässä ollessaan osannut oikein noudattaa kiireen mystisiä pelisääntöjä. Miten sitä erehtyikään kuvittelemaan, että kiire on nimenomaan juuri sillä tehtävällä, joka kulloinkin on työn alla. Ei kiire suinkaan tarkoita sitä, että joku tehtävä tulisi saada äkkiä valmiiksi. Päinvastoin. Kaikki on jätettävä keskeneräiseksi, koska on kiire. Kiire asustaa jossakin muualla, eikä suinkaan siellä missä itse satut sillä hetkellä olemaan. Ja tuon maagisen kiireen perään on äkkiä riennettävä ja jätettävä kaikki muu keskeneräiseksi.

Jos esim asuntoremonttia tehdessään tilaa tarvikkeita ja erehtyy sanomaan, ettei näillä tavaroilla ole mikään kiire, niin syyllistyy tänäpäivänä pahimpaan mahdolliseen tyylirikkoon. Seurauksena saattaa olla, ettei tarvikkeita toimiteta ollenkaan. Asiakas, jolla ei ole kiire, ei kertakaikkiaan ole uskottava.

Omassa työelämässäni tuppasi etenkin perjantaisin iltapäivällä olemaan hyvin kiire. Oli saatava monta asiaa toimitettua ennen viikonloppua. Yksi perjantai monien joukossa on jäänyt aivan erityisesti mieleeni. Olin autolla matkalla johonkin ja nopeutta oli juuri senverran kuin kyseisellä alueella oli sallittua ajaa. Olin menossa juuri hautausmaan kohdalla ja havahduin siihen, kun kappelin kellot alkoivat moikaamaan. Vaistomaisesti vilkaisin sivulleni ja huomasin kuinka vainajan arkkua kannettiin parhaillaan hautaan. Vaikka oli mielestäni kiire, niin siitä huolimatta ajonopeuteni hiljeni huomattavasti. En ole tietoinen, miten kiireisiä päiviä tuo minulle tuntematon vainaja oli elämänsä aikana joutunut viettämään. Jokseenkin varmaa kuitenkin on, että tuskin mitään kovin oleellisen tärkeää häneltä on jäänyt elämänsä aikana tekemättä. Sama koskee tietysti meitä kaikkia. Ei maailmaa saa kiirehtimällä valmiiksi.

Koiraihminen

Kukapa meistä ei olisi tavannut koiranomistajaa, joka kertoo juttuja oman koiransa älykkyydestä. Lienee niin, ettei nämä koiranomistajien jutut ole täysin tuulesta temmattuja. Onhan olemassa tapauksia, jolloin nuo nelijalkaiset ystävämme ovat onnistuneet pelastaneet jopa ihmishenkiä.

Mutta vaikka koira ei älykkyydessä liene aivan ihmisen veroinen, niin hajuaisti tuolla karvaisella veitikalla on täysin ylivertainen. Eläintieteilijät sanovat, että koira pystyy tallentamaan muistiinsa jopa viisisataa erilaista tuoksua. On siinä koiraparalla muistelemista! Ei siinä juuri pääse muodostumaan vapaa-ajan ongelmia, kun yrittää pitää mielessään miltä tuoksuu naapurinrouvan hajuvesi, oman isännän autonrenkaat, tai kadun toisella puolella majailevan kollikissan pissa. Niin ja entäpä sitten kun dementia yllättää koiravanhuksen! Saattaa se olla Musti-raukalle aikamoinen järkytys, kun tulee eteen aamu, jolloin joutuu miettimään kuuluuko tuo kakkakasa kultaiselle noutajalle, vai onko se kenties pystykorvan aikaansaama!

Vahinko vaan, että ihmisellä on sattunut olemaan huonon tuurin päivä silloin, kun aisteja on jaettu luomakunnan eläväisille. Tottakai hyvästä hajuaistista olisi hyötyä myös ihmiselle. Ihmisellä tuskin olisi erityisempää kiinnostusta nuuhkia kanssaihmisten jätöksiä, mutta voisihan ihminen käyttää hyvää hajuaistia moneen hyödyllisempään tarkoitukseen.

Saattaa olla, että joillakin yksilöillä on tavallista herkempi hajuaisti. Tämän voi päätellä siitä, että kuulee tämän tästä sellaisia sanontoja kuin "tämä haiskahtaa puoluepoliittiselta peliltä". Tämä viittaa siihen, että eri poliittisilla puolueilla on omat ominaistuoksunsa. Me heikon hajuaistin omaavat ihmiset emme vaan tunne niitä nenässämme.

Jos kaikilla ihmisillä olisi yhtä hyvä hajuaisti kuin koirilla, niin kukaties pystyisimme tunnistamaan myös eri aatesuuntien ja myös jokaisen poliittisen puolueen ominaishajun. Tästä olisi korvaamaton apu koko ihmiskunnalle. Valintaprosessi erilaisiin virkoihin nopeutuisi aivan oleellisesti.

Aina kun jouduttaisiin valitsemann kunnan-tai kaupunginjohtajaa, terveyskeskuslääkäriä tai jotain muuta viranhaltijaa, tarvitsisi järjestää vaan virkaa hakeneiden henkilöiden haistelukierros. Tämän jälkeen virhanhaltijan valintamenettelyä varten perustettu tiimi voisi kokoontua tekemään ratkaisunsa. Näin voidaisiin välttyä kokonaan siltä riskiltä, että joku sitoutumaton, tai väärän puolueen edustaja voisi tulla valituksi virkaan. Olisihan jokaisen virkaa hakeneen henkilön poliittinen ominaishaju valinnasta päättävien henkilöiden tiedossa.

Ainut heikkous tässä valintamenettelyssä olisi tietysti se, että jokainen henkilö, jolla sattuisi olemaan nuha, olisi tietenkin jäävi valintatyöryhmän jäseneksi. Eihän nuhaisena kenenkään hajuaisti kunnolla toimi.

Kolkassa synkeän syntymämaan

Lumihiutaleet putoilevat maahan pikkupojan rukkasen kokoisina läimäreinä ja päivä on lyhyt kuin iskelmälaulajan hame. Synkkää, pimeää ja harmaata, sitähän se tämä vuoden loppupuoli pyrkii yleensä olemaan. Mutta olipa vuodenaika mikä hyvänsä, niin metsä on mielestäni aihe joka, soveltuu jutun juureksi vuodenajasta riippumatta.

Kainuun metsien suojelu kaikelta toiminnalta näyttää nousevan jonkinmoiseksi ikuisuuskysymykseksi. Toki myönnettäköön, että hakkuukypsien metsien joutuminen talouskäytön ulkopuolelle on menetys Kainuulle. Mutta tuskinpa siitä olisi haittaa millekään osapuolelle, jos asiaa pyrittäisiin kiihkottomasti tarkastelemaan myös tulevaisuuden näkövinkkelistä. Suojelun piiriin joutuneet vanhat metsät riittäisivät hakkuukäytössä enintään kymmenen vuotta. Mikä sitten neuvoksi, kun vanhat metsät olisi käytetty loppuun?

Kestävän metsätalouden perusta on uusiutuva ja kasvukykyinen nuori metsä. Tämä tosiseikka näyttää joiltakin säännönmukaisesti unohtuvan silloin, kun metsäkeskustelua käydään. Kainuun yksityismetsien tämänhetkinen tila on melko lohdutonta katseltavaa. Aukkohakkausten ja ojitettujen soiden puusto on jätetty lähes säännönmukaisesti hoitamatta. Ylitiheää

65

riukuuntunutta taimikkoa ja epämääräisen näköistä pöheikköä riittää yksityismetsissä lähes loppumattomiin.

Mistä puutavaraa aiotaan tulevaisuudessa ottaa Kainuussa, ellei metsien hyväksi olla valmiita tekemään mitään? Tästä asiasta en ole huomannut liiemmin puheenvuoroja käytettävän. Mistä johtuu, ettei sahanomistajat tai muu puuta jalostava teollisuus Kainuussa nosta "äläkkää" asian johdosta?

Joskus viisikymmenluvulla metsänomistajia innostettiin metsien hoitoon "metsämarssin" ja kaikenlaisen kampanjoinnin avulla. Missä viipyy tällainen kampanjointi tänäpäivänä? Menneinä vuosikymmeninä tehty suuriarvoinen työ Kainuun yksityismetsien hyväksi näkyy vielä tänäkin päivänä. Ei ole uskottavaa, että metsänomistajat olivat joskus viisikymmenluvulla varakkaampia kuin tänäpäivänä. Siitä huolimatta he olivat valmiit uhraamaan aikaansa myös metsien hoitoon. Toki on niin, että tänäpäivänä metsänomistajissa on paljon myös kaupunkilaisia. Mutta tuskinpa muutaman päivän vuositta uhraaminen kesälomasta metsien hoidon hyväksi tekisi pahaa myöskään kaupunkilaismetsänomistajille.

Aina kun esille nousee kysymys taimikoiden perkauksista tai ensiharvennuksista, valitetaan sitä, ettei valtio myönnä tarkoitukseen riittävästi varoja. Onko tämä käsitettävä siten, että vastuu yksityismetsien hoidosta kuuluu yksinomaan valtiolle, eikä metsänomistajilla itsellään ole mitään velvollisuuksia omia metsiään kohtaan? Jo muutaman päivän työskentely metsissä vuosittain saisi ajanoloon ihmeitä aikaiseksi. Väitän, että tämä on enemmän kiinni asenteista kuin ajasta. Suurten karjatilojen omistajilla voi olla kysymys myös aikapulasta, mutta tuskinpa muilla. Aikaa kyllä liikenee metsästykseen, kalastukseen ja kaikenmoiseen harrastukseen, mutta metsien hoitoon ei.

Metsä tulee jatkossakin olemaan Kainuun talouselämän selkäranka. Siksi ei ole yhdentekevää, miten me tänäpäivänä suhtaudumme taimikonhoitoon ja muihin metsänparannustöihin. Jos emme täällä Kainuussa itse ole valmiita auttamaan itseämme, niin ei meillä ole myöskään moraalista oikeutta odottaa apua muualta.

Korttiarkku

Siinä se on vieläkin kirjahyllyn reunalla. Pieni puinen lipas. Lippaan ulkonäkö on tosin vuosikymmenien kuluessa kovasti kärsinyt.

Äitini isä on joskus viime vuosisadan loppupuolella suorittanut asepalvelusta Venäjän armeijassa. Osan palvelusajastaan hän on ollut töissä armeijan puusepänverstaalla. Siellä hän on valmistanut itselleen myös tuon lippaan, joka nyt on omassa kirjahyllyssäni. Äitini on ollut kymmenpäisen sisarusparven toiseksi vanhin. Olosuhteiden pakosta hän on joutunut lähtemään kotoaan jo varsin nuorena piiaksi kauas toiseen kylään. Kun köyhästä vuokramökistä on entisinä aikoina lähdetty kauas vieraan palvelukseen, on se aina merkinnyt myös lopullista lähtöä kodista. Juuri kotoa lähtiessään äitini on saanut tuon lippaan henkilökohtaisten tavaroiden säilytystä varten. Se on varmaankin annettu hänelle jonkinnäköiseksi perinnöksi, tai sitten ainakin muistoksi lapsuuskodista. Äitiäni nuoremmat sisarukset ovat tuskin saaneet kotoa lähtiessään senkään vertaa siitä yksinkertaisesta syystä, ettei ole ollut mitään annettavaa.

Lipas on niin pieni, että A4 paperiarkki mahtuu hädintuskin suorana sisälle. Mutta jos mihin, niin tuohon lippaaseen sopii sanonta, päältä pieni mutta sisältä iso.

Lapsena katselimme usein lippaan sisällä säilytettäviä vanhoja valokuvia ja postikortteja. Ilmeisesti juuri noiden postikorttien takia se on saanut kauan sitten vakiintuneen nimensä korttiarkku. Yllättävää miten paljon pienen korttiarkun sisältö pystyy meille kertomaan menneiden vuosien elämästä ja tavoista!

Vanhoja postikortteja katsellessa ei voi olla huomaamatta, miten kauniita tervehdyksiä äitini nuoruudessa tyttökaverit ovat toisilleen lähettäneet. On kortti, johon nimen ja osoitteen lisäksi on raapustettu:" Ruusun kukka nurmikolla on niin ihanainen, niin myös nuori sydämesi ompi samanlainen". Toinen heiveröisellä käsialalla kirjoitettu viesti tunnelmoi:" Ruusun sinulle antaisin, vaan mistä minä sen saan, kun halla vei kukkaset ja lumi peitti maan".

Useimmissa korteissa ei näy postimerkkejä eikä postileimaa, luultavasti ne ovat kulkeneet kädestä käteen ihmisten mukana kylältä toiselle.

Pääosin vanhat valokuvat ovat suuria ryhmäkuvia. Koko perhe ja usein myös naapurit ovat kokoontuneet yhteiseen kuvaan. Varmasti tämä kertoo jotain siitä, että oma perhe ja lähipiirin ihmisyhteisö on koettu hyvin arvokkaana asiana.

Ei ole vaikea huomata, että nuo vanhat valokuvat ovat jossakin vaiheessa olleet myös lapsen kädessä. Erään kuvan reunassa näkyy vieläkin pienet hampaan jäljet. Lienee niin, että kun joskus lapsena katselimme noita kuvia, niin lapsijoukon pienin on pistänyt kuvan reunan suuhunsa. Kun toiset ovat yrittäneet ottaa häneltä kuvan pois, on pienokainen yrittänyt puolustaa aarrettaan puristamalla hampaansa yhteen. Tänäkin päivänä yli puolen vuosisadan takaa pienet hampaan jäljet kuvan reunassa viestivät meille silloisesta yhteenotosta!

Jos kohta korttiarkun sisältö kertoo ensiaskeleitaan ottavan pienen lapsen taaperruksesta, niin kertoo se myös siitä, että jokainen elämä on kerran päättyvä. On valkoisia mustareunaisia kirjekuoria, kuoren sisällä pieni kortti, jossa lähettäjän ja vainajan nimen lisäksi teksti: Pyydämme teitä ystävällisesti saattamaan häntä hänen viimeiseen leposijaansa.

Toisen maailmansodan alkaminen on nähtävissä myös korttiarkun sisällöstä. Tuolta ajalta ovat peräisin henkilöllisyystodistukset, elintarvikekorttien kannat, kaikennäköiset lupalaput ja anomuskaavakkeet. Sellaista se on elämä!

Kotiinpaluu

Oli kevättalven aurinkoinen pakkaspäivä. Eletiin jo huhtikuuta, joten aurinkoisella säällä hangen pinta kylpi suorastaan uskomattomassa väriloistossa. Kelpasi siinä hiihdellä! Vaikka oli hankikanto, niin mies hiihti vanhaa talvitien pohjaa. Sitä kautta matka oli kaikkein lyhyin. Siitä huolimatta kilometrejä tuli yhden päivän osalle aivan riittämiin. Maantieltä kotiin oli matkaa yli viisitoista kilometriä, eikä maantielläkään kulkenut autoja. Mutta loppuuhan pitkäkin matka aikanaan. Sitäpaitsi, olihan matka hänelle entuudestaan tuttu. Vaikka mies oli palaamassa pitkältä reissulta, ei kotitanhuvilla tarvittu merkkinä koivua enempää, kuin tähteäkään, sillä paikka oli tuttuakin tutumpi.

Koko hiitomatkan ajan hän oli elänyt pienoisen jännityksen vallassa. Millainen näky kotona odotti? Päästyään kotipihalle matkamies tunsi olonsa helpottuneeksi. Ihmisen jättämiä jälkiä ei näkynyt missään ja talo seisoi pystyssä kuten ennenkin. Ainoastaan metsän reunassa oli jänis käynyt ruokailemassa ja riekon jälkiä näkyi koivupensaiden ympärillä. Talon ympäristössä hangella näkyi hiiren jälkikuvioita helminauhan tapaisena juovana, mutta hiiret oli toki pieni riesa tällaisena aikana.

Ennenkuin taloon pääsi sisälle, oli ulko-oven edestä lapioitava talven aikana kertynyt lumikinos pois. Lukkoa ei tuvan ovessa ollut, ainostaan jonkinmoinen haka myrskyn varalta. Talon sisällä kotiinpalaajaa odotti aavemainen näky. Ikkunat oli kuuran peittämiä, mutta aurinkoisella ilmalla valoa oli tuvassa aivan riittämiin. Sensijaan ulos ei kyennyt katselemaan ollenkaan. Aavemaisessa valossa hän yrittää silmäillä ympärilleen. Kieltämättä tupa on hieman epäsiistissä kuunossa. Mutta kummakos tuo nyt oli, sillä kotoa lähtö oli ollut kiireinen.

Edellisenä syksynä oli syttynyt talvisota ja evakkoonlähtömääräys tuli heidän kylälle hieman jälkijunassa. Toisaalta kylä ei joutunut koko sodan aikana varsinaiseksi taistelualueeksi, rakennuksia ei poltettu ja evakkoonkin ehdittiin ajoissa.

Vieläköhän kaiken myllerryksen jälkeen elämä tulee palaamaan entisiin totuttuihin uomiinsa? Entä onko kaikki naapurit selvinneet elossa evakkoreissustaan? Joko he ovat palanneet entisille kotikonnuilleen? Kaikki nämä kysymykset askarruttivat kotiinpalanneen matkamiehen mieltä. Kaikista mieltä askarruttavista kysymyksistä täytyisi saada selvyys. Mikäpä siinä muu auttoi, oli noustava uudelleen suksille ja hiihdettävä lähimpään naapuriin.

Heti kun naapuritalo alkoi vilkkua puiden lomasta, hiihtäjä tuli varovaiseksi. Oliko talo autio, vai majailiko siellä mahdollisesti joku? Aika oli sen verran poikkeuksellinen, että oli syytä olla varovainen. Hetken metsän suojasta tilannetta tarkkailtuaan, hän ei havainnut talon ympäristössä minkäänlaista liikettä. Tultuaan talon pihapiiriin, hän huomasi talon asutuksi, koskapa tuoreita jalanjälkiä oli talon ympäristössä. Ennen kuin hän kurkistaisi sisälle, mies päätti tarkistaa mihin paikkoihin jäljet johtivat talon pihapiiristä. Karjasuojassa ja halkopinolla oli ainakin käyty. Jäljet näyttivät johtavan myös hieman etäämmällä olevaan saunarakennukseen. Nyt hän myös huomasi, kuka jälkiä oli tehnyt talon kartanolle. Talon isäntä käveli saunalta asuinrakennusta kohti kahvikuppi kädessään!

Naapuri on näköjään palannut kotiinsa muutamaa päivää aikaisemmin. Kahvikuppi isännän kädessä merkitsee ilman muuta sitä. Toki tällaiset hommat vaatii muutaman päivän ennakkovalmistelun. Evakkoon lähtiessä oli kotiin jäänyt säkki jauhoja ja maakuoppaan perunoita. Ja niin oli isäntä kotiin palattuaan pistänyt rankin happanemaan. Nyt keitos oli sitten valmis, olipa sitä keittämisen aikana tullut jo muutama tippa myös maistetuksi!

Vaikka oltiin lähimpiä naapureita,niin kokonainen talvi oli vierähtänyt ilman, että oli tavattu toisiaan. Kuulumisia vaihdettaessa vierähti pari vuorokautta. Ja mikäpä oli tarinoitaessa! Tupa oli lämmin ja pontikkaa riitti yllin kyllin kyytipojaksi. Molemmat olivat jo niin vanhoja miehiä, etteivät he kelvanneet enää rintamapalvelukseen.

73

Ennenkuin perheen saattoi tuoda evakkoreissulta, oli käytävä tarkistamassa, oliko koti ylipäätään enää pystyssä. Samalla täytyi kotitaloa lämmittää muutamia kertoja, ennenkuin perhe saattoi turvallisesti palata takaisin. Sillä reissulla he nyt olivat molemmat. Talven ote oli vielä senverran ankara, ettei perheiden siirtämisellä ollut vielä mitään kiirettä. Pari vuorokautta sinne tai tänne ei merkinnyt oikeastaan mitään.

Kotimetsä

Elettiin vuoden 1945 tammikuuta. Oli juuri päiväruokailun aika, kun tilanomistaja astui tupaan. Odotimme sydän kylmänä joko omistaja halusi muuttaa omistamalleen tilalle asumaan ja me saisimme tietenkin häädön. Yllätyksemme oli melkoinen, kun omistaja totesi isälleni: "Osta sinä tämä tila, sillä minä tarvitsisin rahaa auton hankintaan." Tilan omistaja oli jäänyt orvoksi pienenä lapsena ja joutunut holhouksen alaiseksi. Nyt hän oli täysi-ikäinen juuri sodasta palannut mies ja häneen oli iskenyt kova autokuume. Monien vaiheiden jälkeen isäni onnistui hankkimaan lainalle takaajat ja niin mekin pääsimme ensikerran elämässämme omaan, tosin velkaiseen kotiin.

Tilan metsät oli tosi huonossa kunnossa sotavuosina suoritettujen pakkohakkuiden seurauksena. Mutta siitä se kaikki alkoi. Onneksi isäni oli aiemmin ollut paljon Metsähallituksen metsänhoitotöissä, joten hän ymmärsi metsänhoidon tärkeyden. Ensimmäinen kotitilallani suoritettu metsänhoitotoimenpide oli pienen taimikkoalueen harvennus.se tapahtui kutakuinkin samoihin aikoihin, jolloin Aadof Hitler viimeisessä pakopaikassaan betonipunkkerissa asetti pistoolin piipun ohimolleen ja painoi liipasinta sillä seurauksella, että maailmassa oli yksi hullu vähemmän. Itse en ollut vielä harvennustyössä mukana, koska olin silloin koulussa. Nyt tuolla alueella on tukkimetsä.

Viisikymmenluvun alussa oli suomessa kuuluisa metsämarssi ja samana kesänä myös kotitilaani tehtiin ensikerran laajemmin metsänhoitotöitä. Taisi olla vuosi 1951, kun olin itsekin raivaamassa hakkuujälkiä kotimetsäni rantamaisemassa. Siitä muodostui ikimuistoinen päivä. Keskelle järveä aavalle selälle laskeutui kaksi joutsenta! Se oli ensimmäinen kerta elämässäni kun näin joutsenta muualla kuin taivaalla lentämässä muuttomatkalla. Joutsen oli tosi harvinainen lintu tuohon aikaan. Ilmeisesti kirjailija Yrjö Kokon vetoomus joutsenen suojelemiseksi pelasti tuon uljaan linnun häviämästä tyystin suomen luonnosta.

Puuhastelu metsässä ja luonnossa liikkuminen nuoruusvuosinani on jäänyt hyvin elävänä mieleeni. Metsäinen luonto on tarkoituksenmukainen ja aito. Juuri luontoa tarkkaillessaan ihminen on aidoimmillaan. Miten haikea mieli tulikaan syksyisessä metsässä, kun näki mahtavan kurkiauran matkalla lämpimiin maihin. Jospa pääsisi mukaan! Kun tänä päivänä näen lintuja muuttomatkalla, niin ajattelen miten ihanaa, kun ei tarvitse lähteä tutusta ja turvallisesta suomesta epämääräisiin oloihin. Niin se ajatusmaailma muuttuu ijän mukana!

Viisikymmenluvun puolivälin tienoilla tuli aika jolloin taimikkoharvennuksesta maksettiin jonkinverran metsäomistajille. Risusavotoiksi niitä yleisesti nimitettiin. Ja kun kehitys oli kulkenut eteenpäin, silloin raivaumiehillä oli jo käytössään vesurit! Itse olin myös raivaustyössä mukana juuri samoihin aikoihin, jolloin oli käynnissä Unkarin kansannousun nimellä tunnettu tramaattinen tapahtuma.

Huhtikuu 1961 oli erittäin kylmä. Iltapäivisin kun aurinko hieman lämmitti, parkkasin pinotavaraa. Aamupäivisin parkki oli niin jäässä, ettei parkkaamisesta tullut mitään. Niinpä aamupäivisin kävin metsänraivuussa. Hakkasin jo varttuneen männyntaimikon yltä vanhoja jo osin lahoja koivunkäkkyröitä. Tästä sain kuulla myös moitteita koska hakkasin koivuja nurin varsin laajalta alueelta. Itsekin aloin epäillä, oliko kovin viisas teko hakata koivikko nurin. Nyt asiaa ei enää tarvitse epäillä. Tuolla raivausalueella kasvaa seutukunnan paras tukkimetsä! Se oli juuri sama huhtikuu, jolloin radiosta saatiin kuulla maailmaa järisyttänyt uutinen; Juri Gagarin on maailman ensimmäisenä ihmisenä käynyt avaruudessa!

Muutama vuosi sitten olin kotimetsässä harventamassa männyntaimikkoa. Ikä alkaa painaa jo raskaammissa töissä. Oli hetkeksi istuttava mättäälle lepotaukoa viettämään. Kuinka ollakkaan, vyöllä oleva matkapuhelin alkoi rallattaa tuttua melodiaansa. Puhelu tuli toiselta puolelta maapalloa! Enää ei synkkä ja rauhallinen metsäkään ole mikään syrjäinen kolkka maailmassa! Se on sitä paljon puhuttua globalisaatiota. Vaikka istuisimme metsässä, niin olemme vääjäämättä osa laajempaa kokonaisuutta. Eihän siinä toki mitään pahaa ole. Kumpa vaan osaisimme ottaa kansainvälistyvän maailman haasteen vastaan ja käyttää sitä hyödyksemme. Aika parantaa haavat. Vuosikymmenien kuluessa kotimetsäni raiskiot ovat vähitellen muuttuneet tuottaviksi nuoriksi männiköiksi ja sekametsiksi. Tuottavuuden kannalta metsikön ikäjakauma alkaa olla paras mahdollinen. Nyt voisi hieman harrastaa viisauden imelintä lajia, eli jälkiviisautta. Olisiko kotimetsikössä menneinä vuosikymmeninä jokin asia pitänyt tehdä toisin? Tätä nykyhetkeä ajatellen, viisikymmenluvun alkuvuosina vajaatuottoisia metsiköitä olisi ilmeisesti pitänyt uudistaa voimallisemmin. Saattaa kuitenkin olla, että yksityismetsälaki olisi tullut siinä esteeksi. Mutta hyvä näinkin. Metsä, jos mikä palkitsee hoitajansa.

Kuhmon henki

Kilin, kilin, kolin, kalin, kolin, kilin. Kamarimusiikki soi parhaillaan Kuhmotalon Lentuasalissa. Salin täyteinen yleisö istuu hiirenhiljaa hievahtamatta paikoillaan. Kuuntelijan ilmekään ei saa värähtää. Parhaillaan on päällä se kuuluisa Kuhmon henki. Kukaan ei uskalla edes ilmeellään, tai käytöksellään osoittaa kyllästyneisyyttään ja välinpitämättömyyttään. Jopa varovainen yskäisy saa osakseen kyllästyneitä katseita.

Vanhempi mies istuu salin keskivaiheilla. Varovasti, niin, ettei kukaan sitä huomaa, hän vilkaisee ranteessa olevaa kelloaan. Konsertti ei ole vielä edes puolessa. Mitenkähän tämän kestää loppuun saakka? Selkääkin alkoi juuri kutittaa, eikä sitä täällä voi kynsiä. Viinaakin rupesi tekemään mieli. Lähtisin ilman muuta tämän konsertin jälkeen kapakkaan, mutta kun tuo eukko on mukana, niin eihän sitä tiedä miten alkaisi motkottamaan.

Varovasti miehen katse kääntyy etuoikealle. On se näköjään taas herännyt. Koreisiin röyhelöihin pukeutunut. Lihavahko naisihminen isuu penkissä silmät auki. Äsken se ainakin näkyi vetelevän sikeitä. Miestä huvittaa korean naisen tyhjäntärkeä ilme. Päähän rakenneltu kampaus on varmaan ollut aikamoinen kampaajan painajainen. Naisen päällä oleva hame on näköjään koottu kaikennäköisistä suikaleista. Miehen mieleen tulee ilkikurinen ajatus, kangas on alunperin päätetty leikata matonkuteeksi mutta tehtykin sitten hameeksi.

Salin perällä toiseksi viimeisessä penkkirivissä istuu nuorehko nainen. Hän kuuntelee keskittyneesti konserttia. Ja mikäs on kuunnellessa. Häntä luodessaan luoja on ollut suosiollisella tuulella. Hän on kaksikymmentäyhdeksän viiva neljäkymmentäyhdeksän vuotias, akateemisen sivistyksen saanut ja asuu kaupungissa. Ulkonaisesti kaiken pitäisi siis olla kohdallaan. Mutta mitä vielä. Ennen konserttia hän on käynyt ravintolassa lounaalla. Ja nyt harmittaa niin vietävästi. Miksi minä en lounaalla noudattanut sivistynyttä eurooppalaista ruokakulttuuria ja ottanut ruokajuomaksi haalealta tiskivedeltä maistuvaa ranskalaista valkoviiniä. Minä pöhkö otin ruokajuomaksi maitoa. Olisihan se pitänyt muistaa, ettei maito minun vatsalle sovi. Nyt pierettää niin kamalasti! On tiiviisti istuttava penkissä. Pakaraa ei kärsi nostaa edes millimetrin vertaa, muuten saattaa hörähtää. Paine on siksi kova, ettei uskalla yrittää laskea edes suhuna, sillä se saattasi ryöstäytyä äänekkääksi pieruksi ja mitä siitä seuraisi. Ja toisaalta, mistä tietää vaikka se alkaisi haisemaan. Jahka pääsen täältä ulos, menen vähän kauemmas muista ja päästän elämäni mahtavimman pierun! Nyt on vaan koetettava kestää!

Urheasti hän keskittyy kuuntelemaan konserttia. Soittajat ovat lumoutuneet tehtäväänsä. On ne nuo ulkomaalaiset miehet tosi tyylikkäitä. Niinkuin nyt tuokin tummaviiksinen pianisti. Tuon minä iskisin heti paikalla, jos pääsisin hänen kanssaan kahden kesken! Välillä tulee oma äijä mieleen. Ei se nytkään lähtenyt edes konserttiin vaan kalalle piti päästä. Tietäähän ne suomalaiset miehet. Ei ne mitään kulttuurista ymmärrä. Autot, moottorikelkat, perämoottorit ja pyssyt on aina mielessä. Oikeastaan sietäisi ottaa ero mokomastakin lurjuksesta!

Konsertti jatkuu. Ja miksipä ei jatkuisi onhan päällä se kuuluisa kuhmon henki. Kilin, kolin, kalin...

Lampaannahan palasia

Elettiin viisikymmenluvun alkupuolen vuosia. Olimme veljeni kanssa metsätöissä, eli "tehä nuivattiin" pöllejä. Matka työmaalle oli senverran pitkä, ettei joka ilta voinut tulla kotiin. Jouduimme majoittumaan työmaan läheisyydessä olevaan maalaistaloon. Eihän se raskas metsätyö nuorelle pojalle tietenkään mitään herkkua ollut. Sensijaan majoituspaikka oli senverran mukava, että se korvasi osan metsätyön ankeudesta ja raskaudesta.

Talon isännän juttuvarastosta riitti taatusti kerrottavaa joka illaksi. Yleensä kerronta eteni siihen tapaan, että hänelle itselleen kävi hieman"köpelösti" kuten hyvän jutunkertojan tarinoissa yleensäkin. Lapsuutensa kertoja oli elänyt vailla omaa kotia. Ja kun vuokralaisina elettiin, ei tietenkään ollut omaa maata missä kasvattaa elintarvikkeita. Aina kun rahanpuute pääsi yllättämään, oltiin huutavassa hukassa. Ei ollut millä ostaa ruokaa. Kerran nälkä oli ajanut hänet äitinsä kanssa kerjäläisen ankealle taipaleelle.

Tällä vähemmän miellyttävällä retkellään he olivat jossakin päin Kuhmoa poikenneet vauraannäköiseen taloon. Toiveena oli tietenkin ollut, että päästäisiin talonväen kanssa ruokailemaan. Toive oli onneksi toteutunut.

Talon isäntä oli tosin ollut hieman sitä tyyppiä joka löytyy ilman haravaa sopesta. Eikä hän myöskään ollut sattumoisin ollut paikalla silloin, kun huumorin kultaisia lahjoja on ihmisille jaettu. Mutta mitäpä siitä sen enempää. Ruokana oli maitovelliä ja hyvin se kelpasi myös nälkäisille kulkijoille. Kaikki olisi muuten mennyt ihan hyvin, mutta velli oli keitettäessä pahoin palanut keittoastian pohjaan. Näitä palaneita maitovellin siekaleita sattui olemaan myös pienen kerjäläispojan vellilautasella. Ja kun sitä elämänkokemusta ei lapsella ole vielä riittävästi, niin ei hän sattumoisin tiennyt, että kerjäläisen ei almuja anellessaan kannattaisi olla kovin ronkeli. Kesken aterioinnin poika tuli möläyttäneeksi kuuluville, että: "On lampaannahkan palasia keitossa". Siinä vaiheessa hänen äitinsä oli jo kuvitellut, että näin rantuille kerjäläisille tuli nyt lähtö ruokapöydästä. Mutta mitä vielä. Ei talon isäntä siitä suuttunut vaikka hieman yksitotinen ihminen olikin. Sitä kertoja vieläkin ihmetteli, vaikka aikaa oli tapahtumasta kulunut jo yli puoli vuosisataa. Kaipa isäntä tunsi sääliä nälkäisiä kulkijoita kohtaan.

Silloin kun kortteritalon isäntä muisteli näitä lapsuuden tapahtumia hänellä oli jo oma asunto ja runsaasti maata talon ympärillä. Ahkeruus ja peräänantamattomuus vaikeuksien edessä oli tuottanut tulosta. Monena ihminen eläessään.

Leski-Iida muistelee menneitä

Tähän päivään sitä on tultu, vaikka on tässä saanut elämän varrella olla rekenä jos kelekkanahi. Elämä alkoi mennä paremmin, kun onnistuin pääsemään töihin vanhusten hoitolaitokseen. Ensimmäinen työpäivä ei kyllä lähtenyt käyntiin aivan niinkuin piti. Heti ensimmäisenä aamuna myöhästyin töistä ja jouduin johtajan puhutteluun. Johtaja kysyi miksi myöhästyin töistä? Yritin puolustautua sillä, että työmatka on pitkä ja tulomatkalla oli kahdenlaista ilmaa. Miten niin kahdenlaista ilmaa johtaja kysyi? No kun toinen ilma nosti hametta ylös ja toinen ilma pöllytti lunta hameen alle.

Mielenkiintoista se työ oli eikä taatusti ollut kahta samanlaista työpäivää. Se oli jännää aikaa kun ensimmäiset hoivarobotit tuli hoitolaitokseen. Eskoksi me se robotti ristittiin. Myöhemmin tuli robottien kokoonpanotehtaalta huoltomies huoltamaan laitoksen hoivarobottia. Hän kysyi minulta, että hyvinkö se Esko on toiminut? Vastasin, että kyllä se muutoin hyvin toimii, mutta on se hiukan ilkeä, kun se joka aamu ja ilta pyrkii kourimaan minun rintoja. Huoltomies tutki hetken robottia ja totesi, että ei se suinkaan ole ilkeä, vaan kokoonpanolinjalla sille on erehdyksessä asennettu lypsyrobotin prosessori. Asentaja alkoi muistella eilistä työpäväänsä. Hän oli navetassa kysynyt isännältä, hyvinkö lypsyrobotti on toiminut? Isäntä oli vastannut, että eihän se toimi ollenkaan! Kun hän ensimmäisenä iltana oli mennyt katsomaan, joko se on kaikki lehmät lypsäny, niin eihän se ollut edes lysyä aloittanut. Se luki parhaillaan iltasatua lehmille!

Iäkkäitä ihmisiä oli laitoksessa paljon. Yhtenä aamuna menin viemään aamupalaa yhteen huoneeseen. Vanha hoitolaitoksessa asuva mies oli parhaillaan lukemassa jotain aikakausilehteä. Hän kysyi minulta, että mihinkä sitä niitä seksileluja oikein nykyään tarvitaan, kun meillä ainakin muorin kanssa on seksilelut omasta takaa?

Muinaistutkijan ongelmia

Menneisyyden tutkijan osa ei ole helppo. Yritäppä nyt ottaa selkoa vaikkapa siitä, miksi joskus muinaisuudessa on kallionseinämiin maalattu sarvipäisiä ukkoja. Entäpä nuo epämääräiset eläinhahmot ja muut täysin käsittämättömät symboliset merkinnät. Tutkijan osviittana ovat ainoastaan mykkinä kallionseinämässä tuijottavat kuvat. Ei ole enää muinainen kalliomaalari kertomassa tutkijoille mitä kaikkea nuo kuvat pyrkivät esittämään!

Mutta tuskin on oletettavissa, että muinaistutkijoiden osa helpottuisi edes tulevaisuudessa. Jos sattuu vähänkin voimakkaampi luonnonkatastrofi, niin kaikki maailman arkistot ja muut dokumentit häipyvät tulena ja tuhkana taivaan tuuliin. Ihmisen muistiin perustuva tieto häviää varsin nopeasti ja niin on muinaistutkijoiden aloitettava taas kaikki alusta.

On hyvinkin todennäköistä, että joskus 30 tuhatta vuotta myöhemmin muinaistutkija löytää raunioita kaivellessaan meidän nykyaikakaudelle kuuluneet vessan seinät. Radiohiilitutkimuksen avulla hän onnistuu ajoittamaan löytönsä suunnilleen jonnekin tuhatyhdeksänsataaluvun jälkipuoliskolle kuuluvaksi. Mutta se tieto ei vielä tutkijaa paljon lohduta. Sopii olettaa, että tutkija raapii vielä monet kerrat korvallistaan, yrittäessään ottaa selkoa siitä, mitä kaikki nämä seinissä olevat piirrokset mahtavat esittää!

Heti kun raunioita on saatu kaivettua esille useampia, tutkijat tekevät merkillisen havainnon. Kaikissa tuon ajan julkisissa rakennuksissa on ollut pieni koppimainen huone, jossa jokainen on voinut rauhassa syventyä maalaustaidetta harrastamaan. Sen sijaan siitä, mitä nuo kuvat esittävät, tutkijat eivät pääse yksimielisyyteen.

Merkillepantavaa tutkijoiden mielestä on se, että kaikkein yleisin noissa seinistä löytyneissä piirroksissa on venettä muistuttava kuvio. Tätä muinaistutkijat eivät kuitenkaan erityisemmin ihmettele, onhan kysymys tuhansien järvien maasta. Kun tutkimukset ovat edenneet pitemmälle, niin alkaa esiintyä vaikeuksia. Poikkeuksetta kaikki venettä esittävät piirrokset on kuvattu ylhäältäpäin. Yhtään sivukuvaa veneestä ei onnistuta näistä piirroksista löytämään. Millainen keulan-ja perän muoto veneessä on ollut, se jää tutkijoille epäselväksi. Jotkut tutkijat yrittävät tietokoneen avulla muodostaa veneestä kolmiulotteista mallia, mutta aina epäonnistuvat. Ymmärtäähän ne tutkijoiden vaikeudet, kun ainuttakaan veneen sivukuvaa esittävää piirrosta ei ole löytynyt.

Lopulta muinaistutkijoiden maailmankonferenssissa joku tekee radikaalin ehdotuksen. Kysymyksessä ei voi olla vene, vaan piirroskuvio liittyy jotenkin tuon aikakauden kulttimenoihin. Tutkimuksissa on ilmennyt, että piirrokset ovat aikakaudelta, jolloin kaikkia henkisiä arvoja väheksyttiin. Kyseisenä aikakautena materiaaliset ja taloudelliset arvot olivat tärkeimmät. Tutkijoiden käsityksen mukaan kysymyksessä saattaa olla joku hyvin jokapäiväinen asia, jota kukaties jotkut ovat yrittäneet hyödyntää myös kaupallisesti.

Muistoja Karpaateilta

Se oli aurinkoinen kevättalven päivä. Matkustimme linja-autolla Vieremän Eläkeläiset ry:n vieraaksi. Koska olin liittynyt järjestön jäseneksi vasta muutamaa kuukautta aikaisemmin, oli luonnollista, että en tuntenut läheskään kaikkia retkelle osallistuvia kotipaikkakuntani eläkeläisiä. Varsinaisen ohjelman päätyttyä oli muutama tunti tanssia. Tanssin alettua seisoskelin eteisessä ja keskustelin eri henkilöiden kanssa. Keskustelun kuluessa en malttanut olla kysymättä eräältä oman seurueeni jäseneltä, kuka hän on. "Minä olen Vaaralan Kaija", nainen vastasi. Hetkeäkään epäröimättä sanoin hänelle. Kiitoksia joulukortista.

Ei suinkaan ollut mikään joulun aika, vaan kevättalvi. Lisäksi olimme toisillemme täysin tuntemattomia ihmisiä, joten oma lausahdukseni kaipasi tietenkin jatkoa.

Siitä joulujuhlasta oli kulunut aikaa muutamia kuukausia, varmaankin yli viisikymmentäyksi vuotta. Naapurikylän maatalousnaiset olivat järjestäneet joulujuhlan erääseen maalaistaloon. Hiihdin veljieni ja siskojeni mukana joulujuhlaan. Joulujuhlan ohjelmasta en muista juuri mitään, sensijaan juhlan päätteeksi järjestetty joululahjojen- ja korttien jako on jäänyt pysyvästi mieleeni. Syykin on täysin itsestään selvä. Olimme naapurikylällä, joten on luonnollista, että en tuntenut montakaan henkilöä juhlavieraiden joukosta. Ja kuitenkin sain suureksi yllätyksekseni yhden joulukortin! Eikä hyvä tuurini sillä erää päättynyt vielä tähän. Kortissa nimittäin luki ," Vaaralan Kaija". Koska kortti oli tytön lähettämä, niin tottakait tunsin itseni otetuksi.

En tuntenut kortin lähettäjää. Ihmettelin seuraavana päivänä kotona, miten tämä tuntematon Kaija on osannut lähettää minulle joulukortin. Arvoitus ratkesi varsin pian. Sisareni kertoi, että hän oli joulujuhlassa tuvan vastakkaisella seinustalla, missä itse olin istuskellut. Siellä tämä Kaija oli sisareltani tiedustellut, että tunsiko hän tuon pojan joka istuu tuolla vastakkaisella puolella tupaa. Tähän sisareni oli vastannut, että tottakai tunnen, koska hän on veljeni. Niin ratkesi tämä tuntemattoman Kaijan arvoitus.

Asuimme syrjäisellä paikalla eikä minulla juurikaan ollut ikäisiäni kavereita. Olin yksinäinen ja syrjään vetäytynyt poika. Ymmärsin toki, että hyvä tapa olisi edellyttänyt, että olisin lähettänyt vuorostani kortin Kaijalle. Kortin lähettämiseen postin välityksellä tytölle ei rohkeuteni kuitenkaan riittänyt. Olinhan poikkeavan arka ja ujo poika. Kävi lisäksi niin, etten koskaan myöhemminkään tullut tuntemaan tätä salaperäistä kortin lähettäjää.

Kerroimme siinä tanssipaikan eteisessä lyhyesti toisillemme, mitä kaikkea omassa elämässämme oli vuosien varrella tapahtunut. Jouduin panemaan merkille jälleen sen saman tosiasian, jonka elämänkokemukseni perusteella olin tullut tuntemaan jo paljon aiemmin. Jos kohtalo alkaa kohdella kaltoin jotakin ihmistä, niin tuota kohtalon murjomista jatkuu läpi elämän. Kaija oli ollut kaksi kertaa naimisissa ja molemmat miehet olivat kuolleet varsin nuorena. Myös muita vastoinkäymisiä oli elämä tarjonnut riittämiin. Kaija oli vuosien varrella ennättänyt asumaan useammalla paikkakunnalla ja palannut vasta eläkeläisenä takaisin entiselle kotiseudulleen.

Itse olin vuosia sitten joutunut vakavan työtapaturman uhriksi. Lääkärit pitivät elämälle selviytymistäni lääketieteellisenä ihmeenä. Oma avopuolisoni kun oli menehtynyt jo vuosia sitten vakavaan sairauteen.

Juuri kun keskustelumme oli päättymässä, salissa alkoi soida valssi "Muistoja Karpaateilta". Kävimme yhdessä tanssimassa tuon tunnelmallisen valssin.

Ei ole suotta sanottu, että tikka on kirjava, mutta ihmisen elämä on vielä kirjavampi.

Näinkin olisi voinut käydä

Itä-Kainuu on tunnetusti Euroopan vanhimpia asuttuja alueita. Muinaistutkijoiden mukaan aikana jolloin turskat uiskentelivat vielä Pariisin ja Lontoon yläpuolella, oli Suomussalmen kunnan Kirkkosaaressa ja Kuhmon Koposensaaressa jo asutusta.

Tiettävästi alkuperäinen asutus ei ole kuitenkaan vakiintunut Kainuuseen pysyvästi, vaan he ovat muuttaneet täältä jonnekin muualle. Oletettavasti muinainen heimopäällikkö on vaan kylmästi sanonut jonakin aamuna alaisilleen. "Alkakaahan kantaa nuolia, keihäitä ja peurantaljoja ahkioon, me lähdemme täältä kalppimaan!"

Silloinen elinkeinoasiamies on luultavasti vastustanut muuttoaikeita, koska se olisi vaan omiaan edistämään maaseudun autioitumista. Oletettavasti hän on yrittänyt saada heimopäällikön vakuuttuneeksi myös siitä, että kalliomaalaukset ovat alkaneet viime aikoina työllistää argeologeja entistä enemmän. Ja ennenkaikkea, kalliomaalaukset saattaisivat tulevaisuudessa lisätä myös kulttuurimatkailua!

Heimopäällikkö ei arvattavasti ole kuitenkaan uskonut näihin elinkeinoasiamiehen vakuutteluihin, vaan on enemmän luottanut markkinoiden toimivuuteen. Mutta entäpä jos heimopäällikkö olisikin luottanut enemmän omaan elinkeinoasiamieheensä. Kukaties Euroopan kartta olisi nyt kokonaan toisennäköinen.

Jos asutus olisi pysyvästi vakiintunut Itä- Kainuuseen jo noin varhain, niin kukaties Lontoo tai Pariisi olisikin perustettu joko Kuhmoon tai Suomussalmelle. Emme me tänään voi tietää sitäkään, miten järkeviä ja kaukonäköisiä sen ajan kaupunkisuunnittelijat olisivat ehkä olleet. Kukaties he olisivat yhdistäneet kaukonäköisesti Lontoon ja Pariisin yhdeksi suureksi koko Kuhmon ja Suomussalmen alueen kattavaksi suurkapungiksi. Se olisi ollut järkevä ja kaukonäköinen ratkaisu. Eipähän sitten myöhemmin olisi tarvinnut alkaa kaivaa tokertaa tunnelia kanaalin alitse Lontoota ja Pariisia yhdistämään!

Tänään muodin ja maailmankaupan keskus sijaitsisi nykyisen Kuhmon ja Suomussalmen alueella. Suurkaupungin ydinkeskusta olisi todennäköisesti Lentiirassa.

Valuuttakeinottelijat kautta maailman seuraisivat jännittyneinä uutisia: Kullan hinta Lentiiran pörssissä on rajussa nousussa! Naisten hameenhelman pituudesta päätettäisiin varmaan vuosittain jossakin Iivantiiran muotisalongissa. Muotilehdet kautta maailman otsikoisivat: Juntusrannan tämän kevään hiusmuoti noudattaa rohkeata linjaa! Kun upporikas miljönäärin leski Amerikassa menisi parfyymiliikkeeseen, niin myyjät esittelisivät hänelle viimeisimpiä hajuvesiuutuuksia Lammasperästä!

Kuninkaanlinna sijaitsisi todennäköisesti jossakin Lentiiran hienostokorttelissa. Nuoren kuningattaren kruunajaiset olisi tosi mahtava tapahtuma. Hänen majesteettinsa haluaisi olla kaikkien alamaistensa rakastama kuningatar. Niinpä hän kruunajaispäivänään ajaisi avoautollaan myös Vepsän ja Katerman työläiskaupunginosien halki.

Aikanaan kuningattaren lapset kasvaisivat aikuisiksi, mutta sitä mukaa kasvaisivat myös kuningattaren huolet. Juorulehdet alkaisivat vihjailla ilkeästi: Kruununprinssillä on salainen rakastajatar Jumaliskylällä! Kun sitkeät huhut eivät ottaisi laantuakseen, ei kruununprinssillä olisi enää muuta vaihtoehtoa, vaan hänen täytyisi myöntää olleensa uskoton vaimolleen. No tietäähän sen mitä sellaisesta vehkeilystä on seurauksena. Avioerohan siitä tulee. Kruununprinssin maine ryvettyisi niin pahoin, ettei hän koskaan voisi periä valtaistuinta. Hänet nimitettäisiin koko loppuelämäkseen Jonkerin herttuaksi.

Omena

Tuhatkuusisataaluvulla elänyt kuuluisa englantilainen matemaatikko Isaac Newton loikoili eräänä päivänä puutarhassaan omenapuun alla. Kuinka sattuikaan, kypsä omena pudota kopsahti hänen päähänsä. Samalla kun Newton siveli kirvelevää otsaansa, hän tuli tehneeksi koko ihmiskuntaa hyödyttäneen tärkeän havainnon; jos ei halua saada putoavaa omenaa päähänsä, on parasta olla menemättä omenapuun alle loikoilemaan. Sääliksi käy miesparkaa. Otsaa kirveli eikä edes Buranaa oltu vielä keksitty. Liekö edes Hotapulveria hänen aikanaan ollut apteekissa. Todennäköisesti hän on joutunut tiputtamaan mikstuuraa sokeripalaan ja lievittämään sillä tavoin vaivojansa. Toisaalta on kyllä syytä todeta, että olihan Newton myös itse osasyyllinen onnettomuuteen. Pakkoko oli mennä omenapuun alle loikoilemaan!

Omena on tunnetusti hedelmä jonka kanssa on kautta historian sattunut mitä merkillisimpiä sattumuksia. Kaikkihan me muistamme miten Aatamille kävi aikoinaan. Haukattuaan omenasta, hän huomasi olevansa alasti. Ainakaan historian kirjoista ei löydy mitään mainintaa siitä, että Newtonille olisi käynyt yhtä köpelösti. Kyllä hänellä varmaankin oli vaatteet yllään. Mikäli tuon kuuluisan omenan putoamisen aikoihin oli viileä sää niin, todennäköisesti hänellä on ollut jopa välihousut suojana kylmyyttä vastaan.

Päähän kohdistunut isku auttoi aikoinaan Newtonia tekemään nerokkaan oivalluksen. Ihmetellä vaan sopii, miksei samanlaista tekniikkaa ole osattu hyödyntää myöhempinä aikoina. Tosin meillä suomessa omenat ovat niin pieniä, ettei niiden iskuvoima ehkä riittäisi kovin suurten keksintöjen tekemiseen, mutta voisimmehan me tyytyä hieman vähempään. Pienessä maassa myös keksinnöt voisivat olla hieman pienempiä.

Jotenkin tuntuu siltä, että Newtonilla painovoiman keksiminen jäi sittenkin hieman puolitiehen. Vielä tänäänkin vetovoiman mysteerio on osittain selvittämättä. Jos kappale kerran vetää pienempää kappaletta kohtisuoraan puoleensa, niin miksi sitten Pisan torni kallistuu ja heinäkuorma kaatuu sivulle päin. Mikä se on se sivullepäin vetävä voima? Kyllä Isaac Newtonin olisi syytä ollut mennä uudelleen omenapuun alle ja selvittää loppuun saakka tämä vetovoiman mysteerio.

Vetovoimaa on tunnetusti niin monenlaista. Lähes aina kun puhutaan misseistä tai naispuolisista näyttelijöistä, niin kuulee mainittavan, että asianomainen henkilö on hyvin vetovoimainen. Kumma kyllä, ei Newton ole maininnut tästä vetovoimasta yhtään mitään. Hänen vaikenemiseensa saattaa olla kaksikin eri syytä. Ilmeisesti misseistä ja näyttelijöistä puhuttiin hänen aikanaan huomattavasti vähemmän kuin nykyään. Elettiinhän niin ankeata aikaa, ettei edes kunnon juorulehtiä vielä ollut olemassa. Toisaalta saattaa olla myös niin, että Newton oli keksintöjä tehdessään jo niin vanha mies, ettei hän enää oikein muistanut minkä vuoksi missit ja muut hemaisevat tyypit vetävät puoleensa.

Pihanäkymiä

Ikkunasta näkyy kapale lumista talvimaisemaa. Eilinen lumipyry on kauttaaltaan peittänyt luonnon valkoiseen lumivaippaan. Näkymä on ankea, mutta samalla myös tavattoman kaunis. Vasta äskettäin jänis on loikkinut pihan poikki. Se on ikäänkuin leimasimella painellut jälkikuvioita luonnon suureen kuvakirjaan. Pieni talitiainen hyppelehtii jäisellä männyn oksalla ilmeisesti aamuateria mielessään, mutta köyhä on luonnon anti tähän aikaan vuodesta. Muita elämän merkkejä ei sillä hetkellä piha-alueella ole näköpiirissä.

Pihan ehdottomasti hallitsevin yksityiskohta on kooltaan valtava, varmaan lähes satavuotias pihakoivu. Koivujen ikärakenteessa se kuuluu jo vanhuksien kunnioitettavaan joukkoon. Ikävuosistaan huolimatta se on urheasti taistellut aikaa, myrskyjä ja muita luonnon tuhoja vastaan. Aikanaan se on kaukonäköisesti osannut hakea paikkansa pihan keskeisimmältä kohdalta. Siinä se seisoo edelleenkin arvonsa tuntien. Ajan myötä pihakoivun valkoinen tuohi on muuttunut vuosi vuodelta yhä tummemmaksi. Olisikohan se jonkinmoista iän mukanaan tuomaa arvokkuutta. Paikoin tuohen pinnalle on muodostunt mustia läiskiä. Ne lienevät vanhuuden luomia kunnioitettavan koivuvanhuksen kasvoilla.

Miten tarkasti se onkaan painanut luonnon kiertokulun mieleensä! Viime aikoina, tosin keväällä, se pukee itsensä lehtivippaan hieman myöhemmin kuin nuoremmat pihakoivut. Lieneekö normaalia vanhuksen hitautta, tai joko ensimmäiset dementian merkit lienee nähtävissä! Keväällä, kun koivu alkaa pukea itseään lehtivaippaan, se muistuttaa koulutyttöä, joka kesähameessa lähtee noutamaan todistusta koulun päätyttyä. Keskikesällä, kun vihreys on täydessä loistossaan, koivu on juhla-asussa, jolle ei löydy vertaa. Mikäpä olisi lähtiessä vaikka kamarimusiikkijuhlille sellaisessa juhlapuvussa! Joskus ruska-aikana se osaa ilahduttaa ihmistä uskomattomalla väriloistollaan. Syksyllä koivu luo lehtensä ja antaa samalla muistutuksen kaiken katoavaisuudesta.

Kovin pitkää aikaa vanha koivu ei viihdy syksyn luurankoasussaan. Pian saapuu syksyn ensimmäiset pakkaset ja taas tuo vanha ystävä ilahduttaa ihmistä värikkäällä ulkomuodollaan. Miten uskomattoman väriloiston tarjoaakaan kuuraharsoon itsensä pukenut koivu aurinkoisena pakkaspäivänä! Pieni katsomiskulman muutos ja taas näkymä on erilainen. Siinäpä vasta luonnon muovaama hologrammi, jolle ei löydy vertaa. Kohta alkavat lumisateet ja koivu saa valkoisen talviturkin jonka suojassa voi vastaanottaa talven pakkaset.

Mutta sitten. On se kevättalven aamu, joka sellaisenaan toistuu vaan kerran vuodessa. Talvesta riippuen tuo ajankohta sattuu joko helmikuun loppupuolelle, tai sitten maaliskuun alkuun. Yöllä tuuli on viskonut puiden neulasia ja pieniä kuivia oksia hangelle. Aamua kohden tultaessa tuuli on kumminkin huomattavasti rauhoittunut. Taivas on kuulakas, ainoastaan muutama pilvenhattara kuljeksii tuulen mukana taivaankannella. Mutta se tuulen henkäys! Lauhkeudessaan ja lempeydessään se tuo talven ensimmäisen viestin ihmiselle; kevät on jälleen saapumassa. Talven ankaruuteen tottuneelle ihmiselle tuulen tohinassa on jotakin sellaista lempeyttä ja lauhkeutta, että melkeimpä voisi kuvitella tohinan tulevan lottovoittajan sieraimista. Kevään ensiviestistä huolimatta edessä voi olla vielä koviakin tuiskuja ja pakkasia. Mutta kumminkin tuo aamu on muistutus siitä, että vuoden kiertokulussa kevät on saamassa pitävän niskalenkin talven pakkasista ja ennemmin tai myöhemmin se onnistuu selättämään hyytävän vastustajansa. Ja koivuvanhus, eikös vaan tuo ryökäle myös huomaa mitä on tapahtumassa! Pian se alkaa luoda talven lumivaippaa yltään ja niin on taas vuoden kiertokulku läpikäyty. Hyvämuistinen vanhus.

Rakkain esineeni

Rakkain esineeni on sikäli erikoinen, ettei sitä oikeastaan saisi sanoa esineeksi siitä huolimatta, vaikka se on pahvia ja paperia. Sen arvoa ei voi mitata koon tai painon mukaan. Vaikka hukkaisin tuon esineen, niin sen sisältöä en milloinkaan kykenisi hukkaamaan. Kysymyksessä on Aleksis Kiven kirjoittama teos Seitsemän Veljestä.

Aleksis Kivi on antanut kotimaallemme ne kasvot, jotka me nyt tunnemme omaksemme. Hän on painanut synnyinmaamme ystävälliset äidinkasvot mieleemme iäksi ja sydämemme syvyyteen. Hänen ansiostaan voimme tänäänkin retkeillä uuden pellon alla, kuten Rajamäen Rykmentti aikanaan. Voimme mielikuvituksessamme kuljeksia Toukolan tomuavilla teillä, tai kulkea Ojaniityn poikki. Impivaaran vuorelta näemme avaria metsiä, näemme Ilvesjärven, sekä himmeän siinnon Viertolan kartanosta ja etäältä luoteisen ilman rannalta kirkon harmaan tornin. Voimme katsella Sonninmäen nummelta pappilaa, tai lukkarin punaista puustellia. Näemme sieltä myös kirkonkylän järven. Näemme Kolistimen kolme järveä ja Impivaaran töykeän vuoren.

Kiven Seitsemän Veljestä on kauttaaltaan mestarillisen kaunista luonnon kuvausta. Ihmiskuvauksessaan kirja pystyy kuvaamaan varsin uskottavasti jokseenkin kaikki suomalaisen ihmisluonteen perustyypit.

Tänäänkin voisimme kysyä itseltämme, kuten Seunalan Anna pienokaiseltaan:" Mistäpä tiesit kotiasi tulla , mistä kotosi tunsit? "Niin, tunnemmeko me todella oman kotiseutumme ja kotimaamme tänään riittävän hyvin? Siinäpä kysymys!

Itse teoksen kirjoittaja kirjailija Aleksis Kivi on jäänyt meille henkilönä jotenkin hieman kaukaiseksi. Hänen ulkomuotonsa on meille tuttu vain yhden piirretyn muotokuvan perusteella. Tuossa muotokuvassa hän on jotenkin hyvin etäinen ja poissaolevan näköinen. Poissaoleva hän on todellisuudessa jo sillä hetkellä ollutkin. Muotokuva on nimittäin piirretty paareilla lepäävästä vainajasta.

Aleksis Kivi on kuollut jo nuorena. Hän on kuollut lähes unohdettuna, halveksittuna ja osin jopa häväistynä. Koskaan elämänsä aikana hän ei saanut osakseen sitä arvostusta ja kunniaa, mitä mestarillinen kotimaamme kuvaaja olisi ansainnut.

Seitsemän Veljeksen ilmestymisen jälkeen Aleksis Kivi on valitellut ystävälleen:"Ei yhdelläkään kustantajalla ole luottamusta minun kirjoituksiini ja sentähden kirjoitan minä niin kylmällä ja toivottomalla mielellä, koska toivo palkinnosta on niin perin huono."

Aleksis Kiven kuvaamat Jukolan veljekset olivat jotenkin karuja, mutta siitä huolimatta hyvin inhimillisiä ja syvästi tuntevia ihmisiä. Metsästysretkellään he joutuivat pakenemaan Viertolan kartanon vihaisia härkiä turvaan hiidenkivelle. Kolmas vuorokausi heidän pakopaikassaan oli jo matkalla kohti iltaa ja veljeksillä oli kova nälkä. Lauri oli juuri nukahtanut kivelle ja Juhani tunsi sääliä kärsivää veljeään kohtaan:"Ah! Silmäni vuotaa, koska sieluni häntä surkuttelee, ja tahtoisinpa kätkeä aina sydämeni sisimpään karsinaan tuon kurjan, köyhän ja kärsivän veljeni tuossa,"

Juuri ymmärrystä ja myötätuntoa olisi myös kirjailija Aleksis Kivi viimeisinä elinvuosinaan välttämättä tarvinnut.

Reppu-Eemelin pahat teot

Kenelläpä meistä ei olisi omia periaatteita. Hyvä niin. Periaatteet osoittavat sen, että asianomaisella henkilöllä on omaa tahtoa. Olihan Reppu-Eemelilläkin aikoinaan muutamia sellaisia ominaisuuksia, joita me jälkipolvet voisimme nimittää vaikkapa periaatteiksi. Kuten esimerkiksi; ihminen tarvitsee varallisuutta vain sen verran, että se kerralla mahtuu selkäreppuun. Juuri siksi häntä oli aikanaan alettu kutsua "Reppu- Eemeliksi".

Jos kohta maallisen omaisuuden haaliminen ei erityisemmin kiehtonut Reppu-Eemeliä, niin siitä huolimatta hän sai elää yhtä pitkän elämän kuin hänen kanssaveljensäkin. Mutta olkoonpa elämä lyhyt tai pitkä, niin loppuhan siitä aikanaan tulee. Tämä vääjäämätön tosiasia piti paikkansa myös Eemelin kohdalla. Ihmisen käyttäytyminen noudattaa tiettyjä pelisääntöjä. Aina kun joku ihminen kuolee, niin hegenmiehet ja muut uteliaat alkavat pohtia sitä, missä määrin vainaja elinaikanaan ennätti tekemään"pahoja töitä". Sopiihan sitäkin pohtia jos kenellä kiinostusta riittää.

Mutta Eemelin kohdalla tuo pahojen tekojen setviminen on varmasti ollut hieman ongelmallista. Ei Eemeli elämänsä aikana erityisemmin rakastanut muutakaan työtä ja "pahoja töitä" hän luultavasti teki vieläkin vähemmän. Tappamisen syntiin hän ainakaan ei syyllistynyt, sillä vapaaehoisesti hän ei polkaissut edes muurahaisen päälle. Lepopäivät tuli taatusti pyhitettyä, sillä sunnuntait hän yleensä makoili jonkin talon pirtin penkillä reppu päänalusenaan. Taisipa siinä sivussa mennä joskus myös arkipäiviä, joten hänellä tuo lepopäivän kunnioitus tuli hoidettua ihan "tuplaten".

Lähimmäistensä omaisuutta Eemeli ei taatusti himoinnut, sillä esteenä oli hyvin käytännönläheiset syyt. Reppuun ei yksinkertaisesti olisi mahtunut enempää. Naapurien karjaa ei kannattanut himoita, sillä eihän hänellä ollut omaa navettaa, johon himoitun karjan olisi sijoittanut. Lähimmäisen aviopuolisoa ei ollut mitään syytä himoita, koska Eemeli ei ollut kiinnostunut tytöistäkään, saati sitten lähimmäisen aviopuolisosta. Toki hänellä joskus nuoruudessaan oli ollut tyttöystävä. Olipa hän tietojen mukaan kerran ollut tyttöystävänsä kanssa myös "sillä tavalla". Kesken tiimellyksen oli kuitenkin tullut haaveri. Sängystä oli pudonnut pohja ja Eemeli oli tyttöystävänsä kanssa rojahtanut lattialle! Tähän oli Eemeli todennut:"Jos se näin hankalaa on, niin minun puolesta saa olla". Siihen päättyi Reppu-Eemelin seurustelutouhut.

Ei ole hautakiveä Reppu-Eemelin leposijalla ja paikka on häipynyt ihmisten mielissä unohduksiin. Kummakos tuo. Eihän hän elämänsä aikana tehnyt mitään sellaista mitä jälkipolvilla on tapana muistella. Kun Eemelin reppu kuoleman jälkeen avattiin, ei sieltä löytynyt optioita eikä muutakaan toisten työllä hankittua omaisuutta. Muutama alusvaatekerta ja parranajovälineet. Siinä oli kaikki.

Olisikohan kuitenkin niin, että Eemelin omaisuus oli sen laatuista, ettei sitä etsimälläkään repun sisältä löydy. Hänen ei tarvinnut kadehtia kanssaihmisen menestystä, eikä yrittää haalia omaisuutta hampaat irvessä. Siinä sitä onkin ihmiselle pääomaa riittämiin!

Ruokahuoltoa

Meitä Aatamin ja Eevan jälkeläisiä alkaa olla maapallolla jo niin paljon, että ravintoa ei enää välttämättä riitä kaikille. Ilmaston lämpeneminen aihettaa myös omat rajoituksensa, etenkin lihan tuotannon lisäämiselle. Siksi viimeaikoina on alettu kokeilemaan, olisiko hyönteisistä apua ihmisten ruokataloudessa.

Esimerkiksi sirkkojen syöntiä on alustavasti kokeiltu myös Suomessa. Väärinkäsitysten välttämiseksi on heti sanottava, että kyse ei ole Sirkka Kyllösistä eikä Sirkka Haverisista, vaan heinäsirkoista, eikä näillä olennoilla ole sukunimeä ollenkaan. Tietojen mukaan heinäsirkat ovat osoittautuneet hyviksi ravinnon lähteiksi.

Heinäsirkkojen ohella kannattaisi kokeilla myös muita hyönteisiä ihmiravinnon lähteinä. Rukoilijasirkkaa tuskin kuitenkaan kannattaa mennä syömään, sillä raukalla saattaa olla iltahartaus menossa ja pahimoilleen jäädä kesken. Kovakuoriaisissa taas on se vaara, että hammas saattaa lohketa ja kun jonot hammaslääkäriin on niin pitkät, ei tätä riskiä kannata ottaa. Sensijaan kimalaiset ja mehiläiset saattaisivat olla hyväkin vaihtoehto, olisihan niissä jo hunajamarinointi valmiina. Tuhatjalkaisen soveltuvuutta ihmiravinnoksi sopii hieman epäillä. Maku saattaa olla hieman kitkerä, sillä tokkopa kaikki varpaanvälit on tullut kunnolla pestyä.

Ikä tuo ihmiselle omat ongelmansa myös hyönteisten pyydystämisessä, niin kuin toki kaikessa muussakin toiminnassa. Kun kuulo heikkenee, ei sirkkojen siritystä tahdo enää kuulla ja se vaikeuttaa niiden pyydystämistä. Sellaiset sirkat taas joilla on sukunimi, eivät enää edes siritä tämän ikäisille.

Saaran ja Heikin rakkaus

Saaran ja Heikin rakkaussuhde ei lähtenyt alkuun ihan tavanomaista kaavaa noudattaen. Tuskin iltapäivälehtien lööppien laatijat saisivat siitä mitään kirkuvia otsikoita aikaiseksi. Olettaa myös sopii, että saippuaoopperoiden kirjoittajat luopuisivat myös sovinnolla koko aiheesta. Mutta onhan myös sanottu, että ei sääntöä ilman poikkeusta, joten tämä sanonta saanee luvan kelvata myös tähän tapaukseen.

Jo pitemmän aikaa Saara ja Heikki olivat asustaneet samassa talossa. Saara toimi talon kotiapulaisena, eli piikana ja Heikki taas hoiteli rengin vakanssia vaihtelevalla menestyksellä. Vaikka oli asuttu jo useampi vuosi samassa taloudessa, ei heidän välilleen ollut muodostunut mitään sen kiinteämpää suhdetta. Kunnes sitten eräänä sunnuntaina: Oliko kyseessä kohtalon johdatus, joku korkeampi voima, pelkkä sattuma, tai sitten ns. hyvä tuuri. Heti alkuun voinemme sopia siitä, että jätämme asian pohtimisen tämän jutun ulkopuolelle. Eipähän ainakaan tule sitten mitään teologisia oppiriitoja siitä, mikä johdatti Saaran ja Heikin yhteen.

Oli kaunis keskikesän sunnuntai, kun Saara ja Heikki päättivät lähteä yhdessä ongelle. Heikki souteli veneen järven keskipaikkeilla olevan karin viereen ja niin kalojen narraaminen pääsi alkamaan. Mutta ainakaan Saaran kohdalla kalaonni ei ollut paras mahdollinen. Ennen pitkää tilanne oli vähän samantapainen kuin Kainuun Radion kalakilpailussa: "Ei nyvi yhtään"! Saara ei kuitenkaan aikonut luopua näin helpolla. Hän päätti heittää ongen nopealla vavan sivalluksella kauemmas selkänsä taa, josko siellä kalaonni olisi parempi. Ja silloin se tapahtui! Saara istui veneen teljolla jalat harallaan ja sensijaan, että onki olisi lentänyt kauas hänen selkänsä taa, se iskeytyi murhanhimoisena paikkaan josta anatomian mukaan kaikkein selvimmin miehen ja naisen erottaa toisistaan!

Saara ei ollut mitenkään näppäräsorminen ihminen ja kun kohtalaisen suuri vatsa pyrki olemaan vielä näköesteenä, niin ei ihme jos ongen irroittaminen ei yrityksistä huolimatta onnistunut. Ei auttanut muu, kuin oli turvauduttava Heikin apuun ongen irroittamisessa. Ja siitä se alkoi! En tiedä onko tässä tapauksessa sanonta: "Se oli rakkautta ensi silmäyksellä" oikea ilmaus, mutta siitä heidän yhteiselämänsä joka tapauksessa alkoi.

Vaikka kertomuksella on onnellinen loppu, eivät Saara ja Heikki saaneet naimisiin mennessään puolta valtakuntaa. Tietäähän sen kun eivät sattuneet kuulumaan kuninkaalliseen sukuun. Sikäli heillä oli hyvää onnea, että onnistuivat vuokraamaan kamarihuoneen asunnokseen. Kun pystyuunin viereen muurattiin hella, niin johan asuminen pääsi hyvään alkuun. Ainakin alkuun yhteiselämä oli vaatimatonta ja köyhää, mutta olihan heillä sentään toisensa. Siinä sitä onkin rikkautta kerrakseen!

Satunnainen matkailija Kuhmossa

Kaukainen vieraamme saapui jostakin eurooppalaisesta maasta. Kaupallisella alalla toimivalle miehelle EU-Suomen tunteminen oli toki tuiki tarpeellista.

Suomen kielen pikakurssi oli jo onnellisesti takanapäin, kun hän astui ulos lentokoneesta Seutulan lentoasemalla. Kylmä pakkasviima suorastaan hyökkäsi vasten kasvoja. Vaistomaisesti mies vetäisi turkislakkia hieman syvemmälle ja nosti talvitakin kauluksen pystyyn. Onneksi oli kunnolliset talvivaatteet yllä, olihan hän jo ennakoon asioista senverran perillä, ettei tänne talvella kannattanut lähteä missä tahansa"ketineissä" herrastelemaan!

Ja nyt sitten heti toimeksi. Pikakierros Etelä-Suomen suurimmissa kaupungeissa antoi jonkinnäköisen yleiskuvan maasta. Kierroksen jälkeen mies istuu hotellihuoneessa tutkimassa Suomen karttaa. Kasvoille ilmestyy mietteliäs, melkeimpä harmistunut ilme. Suomi on näköjään niin laaja maa. Ei minun aikani mitenkään riitä tutkimaan maan jokaista kolkkaa. On turvauduttava satunnaiseen otantaan. Mikäpä silloin olisi parempi konsti kuin pistää silmät kiinni ja tökätä sormi jonnekin kartan keskivaiheille ja matkustaa sitten sinne mihin sormi on osunut. Tuumasta toimeen. Voih! Vaikka hän on ulkona liikkuessaan pukeutunut lämpimään talvitakkiin, on kylmä viima siitä huolimatta aiheuttanut voimakkaan lihaskrampin oikeaan olkavarteen. Vaistomaisesti hän koukistaa hieman oikeaa kättään. Samalla käsi siirtyy jonkin verran alaviistoon oikealle. Kuhmo! silmät avattuaan satunnainen matkailija lukee sormen alta löytyvän kaupungin nimen. Mikäpä siinä. Hän vilkaisee kelloaan. Vielä ehdin yöjunaan ja huomisaamuna olen jo Kuhmossa.

Ensi vaikutelma on usein ratkaiseva, miettii satunnainen matkailija poistuessaan autosta Kuhmon linja-autoasemalla. Niinpä hän salkku kädessä seisoessaan antaa katseen kiertää ympäri lähitienoon. Katse pysähtyy urheilukentän katsomon takaseinään, jonka takana olevan katsomon sisältä kuuluu voimakkaita kehoitushuutoja. Täällä pelataan näköjään jalkapalloa keskitalvella! Peli on varmaankin jo loppuvaiheessa, koskapa portilla ei enää näy pääsylippujen tarkastajia. Voinhan minäkin hetken aikaa seurata peliä, koskapa ei enää tarvitse lunastaa edes pääsylippua, mies ilahtuu. Ihmeekseen hän huomaa, että kenttä on täysin autio ja luminen. Siitä huolimatta katsomossa istuvat miehet suorastaan karjuvat toisilleen. Ahaa! Jalkapallofanit harjoittelevat jo ennakolta kannustamaan omaa joukkuettaan. No, mikäpä minä olen ketään arvostelemaan, sitäpaitsi onhan myös meillä omat erikoiset tapamme hän ajattelee ja lähtee kävelemään pois. Juuri samanaikaisesti linja-autoaseman nurkan takaa lähestyy mies, joka yrittää taluttaa vaivoin pystyssä pysyvää toveriaan. Satunnainen matkailija on suomen kieltä opiskellessaan lukenut paljon suomalaisia sotakirjoja. Noista kirjoista on hänen mieleensä jäänyt yksi järkähtämätön suomalainen periaate. Vaikka mitä tapahtuisi, niin kaveria ei jätetä!

Päivä kuluu melko tarkoin, ennenkuin kaupungin keskustasta on ennättänyt saada jonkinnäköisen yleiskuvan. Illalla hän pukee ulkoilupuvun ylleen ja päättää yhdistää sekä huvin, että hyödyn. Kun teen vähän pitemmän kävelylenkin, kunto kohenee ja näen samalla Kuhmoa myös keskustan ulkopuolelta. Tönölän alikulkutunnelin kohdalla häntä alkaa ihmetyttää mies, joka kävelee tunnelissa edestakaisin. Touhu näyttää sikäli erikoiselta, ettei satunnainen matkailija jaksa hillitä uteliaisuuttaan, vaan hän tiedustelee mieheltä tuon erikoisen homman tarkoitusta. Minä olen jo eläkkeellä ja minulla on riittävästi aikaa, mies vastaa. Tämän tunnelin rakentaminen on tullut yhteiskunnalle niin paljon maksamaan, eikä tällä ole mitään käyttöä. Aina kun kävelen tunnelin päästä toiseen, niin tunnelin rakentamiskustannus puolittuu yhtä käyttökertaa kohti. Niin, että ompahan minustakin edes jotakin hyötyä, mies tuumaa.

Minkään kaupungin tuntemus ei ole täydellinen, ellei ainakin jossain määrin tunne myös paikallista yöelämää. Myös satunnainen matkailija valvoi majapaikassaan hieman tavallista pitempään ja teki senjälkeen vielä lyhyen kierroksen keskikaupungilla. Kaupunki oli täysin autio, ei edes yhtä ainutta jalankulkijaa näkynyt. Sensijaan kaupungin pääkatua pitkin virtasi yhtenäinen jono lähes uusia henkilöautoja. Autojen rekisterikilvistä huomasi melko pian, että autot olivat samoja.ne kävivät vaan jossakin kääntymässä ja palasivat takaisin. Satunnainen matkailija tunsi melkeimpä lievää hämmästystä. Ilmaantuihan jalkakäytävälle hänen lisäkseen myös joku toinen jalankulkija. Hyvää iltaa! Hän nosti hattuaan vastaantulijalle:"Anteeksi, osaatteko te kertoa, mitä varten kadulla ajavat jatkuvasti samat autot?" "Nehän ajavat pilistä!" vastaantulija virkkoi ohimennessään.

Pilistä? Ei ole sana tuttu, mutta näenpähän sen sanakirjasta, kun menen hotellihuoneeseen, mies miettii kävellessään. Sisälle päästyään hän kaivaa välittömästi sanakirjan matkalaukustaan. Hän etsii kirjainyhdistelmän pi… Piilasi... piilevä... piili... sormi etenee pitkin sanakirjan lehteä. Piilukirves... piimä.Ei näköjään ole näin suppeassa sanakirjassa. No, mitäpä tuota murehtimaan, kysyn aamulla sanan merkityksen joltakin, ennenkuin matkustan lappiin.

Aamulla satunnainen matkailija astelee matkalaukku kädessään kohti Kuhmon linja-autoasemaa. On jo hieman kiire. Täytyy ehtiä Kajaaniin lähtevään linja-autoon. Lappi on vielä kokonaan käymättä, eikä aikaa ole enää paljon jäljellä. Vastaan näkyy tulevan joku oppineen näköinen vanhempi naishenkilö. Kauppakassi heiluu kädessä.

"Hyvää huomenta!" Mies kohottaa hieman hattuaan. "Anteeksi, voisiko rouva kertoa minulle, mitä tarkoittaa sana pilis?" Hyi noita ulkomaalaisia! "Että kehtaattekin puhua kunnialliselle naisihmiselle tuollaista" nainen kirkuu. "Hävetkää!"

Sirkustemppuja

Sirkuksen vierailu paikkakunnalla on aina iloinen tapahtuma niin lapsille, kuin myös meille lapsenmielisille aikuisille. Pientä pääsymaksua vastaan saa katsella liki kolme tuntia huippuunsa trimmattujen sirkustaiteilijoiden esityksiä.

Tosin sirkusta voisi kehittää yleisön kannalta vieläkin hauskemmaksi, jännittävämmäksi ja nautittavammaksi. Ensinnäkin sisäänpääsymaksua voisi hieman korottaa. Näin jokaiselle pääsylipun lunastaneelle olisi mahdollista antaa tuhti annos perunaa ja sianlihakastiketta. Tyhjä lautanen olisi luovutettava ovimiehelle ennen kuin sirkustelttaan pääsisi sisälle. Tällä tavalla voitaisiin varmistaa, että jokainen on varmasti syönyt oman annoksensa. Näin yleisö ei ohjelman aikana olisi nälissään. Voitaisiin rauhassa keskittyä katselemaan ohelmaa, eikä jatkuvasti tarvitsisi kantaa myyntikojusta kaikenmoista syötävää ja samalla vältyttäisiin häiritsemästä kanssaihmisiä.

Sirkuksen ohjelmasta voisi hyvinkin karsia muutamia ohjelmanumeroita pois. Naisen poikkisahaaminen ei oikeastaan ole temppu eikä mikään. Kukapa nyt sitä ei osaisi tehdä. Sensijaan palasten yhteenliittäminen olisi paljon vaativampi tehtävä.

Suurpetoja ei nykyään enää sirkuksen ohjelmistossa ole mukana. Tämä kai johtuu eläinsuojelusta. Hyvä niin. Mitäpä nyt leijoonaa tai tiikeriä kannattaa hyppyyttää renkaan läpi piiskalla uhaten, eivärthän ne ole tehneet ihmiselle mitään pahaa. Kyllä ihminen on toiselle ihmiselle paljon pahempi kiusan aiheuttaja kuin leijona tai tiikeri konsanaan. Otetaan nyt esimerkiksi vaikkapa autojen suunnittelija, joka ammatikseen jatkuvasti värkkää uusiin automerkkeihin herkästi rikkoontuvia muoviosia. Hänet olisi syytä pistää joksikin aikaa sirkukseen hyppäämään liekehtivän renkaan läpi, samalla kun ohjelman vetäjä läimäyttelisi mahtavalla ruoskalla lattiaan.

Tupakan terveyshaitoista tiedetään tänäpäivänä jo aivan riittävästi, joten savukkeen tempaiseminen sormien väliin pään yläpuolelta ei ole mitenkään tarpeellista. Sen sijaan kynä on meillä jokaisella kateissa lähes päivittäin. Eikö tätä savukkeenottotemppua voisi muuttaa niin, että savukkeen sijasta sormien väliin ilmestyisi kynä? Tämän tempun opeteltuamme voisimme itsekukin välttyä jokapäiväiseltä kynän etsiskelyltä!

Kanin vetäminen hatusta on tietysti ihan kätevä ja nokkela teko, mutta mitä varten kani ylipäätään täytyy laittaa hattuun? Miksi sirkustemput eivät voisi olla ihan todellisesta elämästä otettuja. Vuosia temppua uuttersti harjoitellut taiteilija voisi sirkuksessa yleisön edessä tempaista ulkoilupuvun vetoketjun kiinni tai auki niin, ettei vetoketju kertaakaan juuttuisi kiinni. Kas siinä vasta olisi temppu, joka ei aikaisemmin ole vielä keneltäkään onnistunut!

Täky

Tuskinpa on kovin paljon väärässa, jos väittää, että miehisen olemuksen kaikkein turhin vaatekappale on solmio. Mitä lie liikkunut sen kaverin pääkopassa, joka tuon naurettavan vaateluomuksen on aikoinaan keksinyt! Ei tuollainen kapea kangassuikale anna suojaa enempää tuulta, kuin pakkastakaan vastaan. Sanotaan solmion alunperin olleen taikakalu, joka suojeli kantajaansa miekaniskuilta. Ainahan niitä selityksiä tietysti löytyy, kun joudutaan puolustelemaan jotain sellaista, missä ei näytä olevan mitään järkeä.

Rehellisenä ihmisenä entisaikojen jätkä ei käyttänyt sievistelevää nimitystä solmio. Hän oli keksinyt paljon osuvamman ilmaisun tuolle turhuuden vertauskuvalle. Jätkän kaulassa roikkui nimittäin täky silloin, kun metsien mies sattui olemaan juhlamielellä. Jätkä oli sikäli mutkaton ihminen, että hän puki sanoiksi sen, mitä toiset vaan ajattelivat. On nimittäin hyvä syy epäillä, että täky se on ollut mielessä myös maailman ensimmäisen solmion suunnittelijalla. Halu suojella miekan iskuilta haiskahtaa vähän sellaiselta huonosti keksityltä hätävalheelta. Sivistyksen suurin antihan on juuri siinä, että osaa kierrellen ilmaista asiat silloin, kun totuus on liian kiusallinen julkituotavaksi.

Solmion solmu on aika konstikas tehtävä, ainakin silloin, kun sitä on ensimmäistä kertaa kietomassa. Onkohan solmion keksijä tuntenut kuinka suurta tyydytystä järjestäessään mokoman riesan syyttömien ihmisten kiusaksi? Väitetään vieläpä ihan vakavissaan, että solmio kuuluu hyvään pukeutumiseen. Tiedä sitten miten hyvä pukeutuminen tulisi määritellä. Jos kerran solmio kuuluu hyvän pukeutumisen tunnusmerkkeihin, niin on kai syytä olettaa, että entisaikojen jätkä oli tehnyt ihan oikean havainnon. Solmion varsinainen tehtävä on olla täky.

Vanheneminen on taidetta

Ihmisen vanheneminen on tunnetusti niitä kaikkein varmimmin toteutuvia asioita maailmassa. Omaa vanhenemistaan tuskin kukaan meistä erityisemmin toivoo, mutta kuokkavieraan röyhkeydellä vanhuus aikanaan tuppautuu meidän jokaisen seuralaiseksi.

Ihmistä lähestyessään vanhuus noudattaa aluksi hyvin sivistyneitä käytöstapoja. Ensimmäiset ikäänymisen kolkutukset sisikuntamme ulko-oveen ovat varsin varovaisia. Itsepetoksen ja tietoisen unohtamisen avulla voimme jopa siirtää kutsumattoman vieraan saapumista hieman tuonnemmaksi. Kunnes eräänä päivänä!

Hänelle, joka ei vielä ole kokenut tätä vaihetta elämässään, kerrottakoon mitä tuleman pitää. Ehkä on luontevinta aloittaa kerronta siitä ajanjaksosta, jolloin vielä kuvittelet, etten minä ole vielä "niin" vanha.

Esimerkiksi näin. Istut terveyskeskuksen aulassa odottamassa vuoroasi, päästäksesi päivystävän lääkärin vastaanotolle. Aikaa kuluttaaksesi luet parhaillaan aikakauslehdestä juttua jonkun julkkiksen uskoon tulemisesta. Artikkeli ei sinua erityisemmin kiinnosta. Huomaat kuinka läheisyydessä istuu kaksi oman ikäpolvesi naista. Heidän ulkonäössäkin on jotain tuttua. Muistat kuinka he omassa nuoruudessasi olivat tanssilavojen ja seurojentalojen upeita kaunottaria. Naiset tuntuvat keskustelevan, ei enää tällä kertaa muotivaatteista, vaan veren sokeriarvoista ja kaihileikkausjonojen pituudesta!

Aikanaan oma vuorosi tulee ja tohtori kutsuu sinut tutkimushuoneeseen. Nuori tohtori, vai liennekö lääkäri, on muualta tullut kotipaikkakuntasi terveyskeskukseen sairasloman tuuraajaksi vasta muutamaa päivää aikaisemmin. Hänen äänessään ja ulkomuodossaan on jotain perin tuttua. Järkesi sanoo sinulle kuitenkin, et tietenkään ole tavannut häntä aikaisemmin. Tutkimusten päätyttyä tohtori ojentaa sinulle reseptin, jolla saat tarvittavat lääkkeet apteekista. Vaistomaisesti vilkaiset reseptissä näkyvää tohtorin nimeä ja nyt välähtää. Hänen isänsä palveli aikoinaan asevelvollisena samassa joukko-osastossa missä itsekin suoritin asevelvollisuuteni.

Toki harmaista hiuksista ja kasvojen rypyistä saattaa joskus olla jopa hyötyä. Nykyajan nuoret suhtautuvat kunnioituksella sotaveteraaneihin. Täpötäydessä linja-autossa voi joku kohtelias nuori antaa istuinpaikkansa siksi, että olet ollut turvaamassa meille vapaan isänmaan. Mitäpä silloin hyödyttää alkaa selitellä, että kun talvisodan uhatessa armeija käyneet reserviläiset kutsuttiin ylimääräisiin kertausharjoituksiin, oli meikämannella nelivuotis-synttärit vielä edessäpäin! Voisin hyvällä omallatunnolla istua penkkiin. Onhan omat kasvot lähettäneet kanssamatkustajille pettämättömän viestin, vanha mikä vanha!

Vanhalle saa nauraa, vammaisella ei. Sananlaskun sisältämä viisaus on juuri siinä, että ikääntyminen on yksi ihmisen elämänvaihe. Vammaisuus sen sijaan on epäonnen seurausta. Ikävuosien karttuminen on sikäli "demokraattinen" tapahtuma, että siitä pääsee aikanaan osalliseksi meistä jokainen.

Vanhuspalvelua

Monien laitoksissa asuvien vanhusten yksinäisyys on yksi nykyisen yhteiskunnan suurista ongelmista. Lapset ja muu lähisuku asuu jossain kaukana, tai sitten heitä ei ole edes olemassa. Ongelmaan on kyllä yritetty etsiä ratkaisua vapaaehtoisten avustajien avulla. Monet vapaaehtoiset avustajat ovat alkaneet vierailla vanhusten luona lemmikkieläinten kanssa. On kissoja, koiria, alpakkaa, minipossuja ja ties mitä. Miten hellyttävän suloisia nämä vierailijat monen vanhuksen mielestä ovatkaan. Saa silittää, rapsutella ja puhella noille suloisille pikku veitikoille. Se jos mikä tuo lohtua yksinäiselle vanhukselle.

Tätä hyväksi osoittautunutta toimintaa voisi kehittää edelleen. Mitäpä jos joskus kokeiltaisiin sitä, että ihminen yrittäisi toimia lemmikkieläimen korvaajana. Se olisi tosi kätevää. Eihän ihmistä tarvitsisi hihnassa kuljettaa vanhusten luo, vaan hän osaisi mennä sinne yksinään. Vanuksella olisi lupa silittää, rapsutella leuan alta ja leperellä tälle kotieläimen korvaajalle. Kukaties hän saisi jopa halata tätä kotieläimen korvaajaa. Se olisi tosi kätevää toimintaa. Kuten varmaan huomaamme, nyky-yhteiskunnassa olisi vielä paljon korjattavaa.

Vanhusneuvostojen aloitelaatikot taitavat nykyisin vielä ammottaa tyhjyyttään. Tässä olisi kukaties aivan kokeilemisen arvoinen idea vanhusten elinolojen kohentamiseksi.

Viimeinen kuorimapukki

Ihmeen sitkeähenkiseksi se on osoittautunut. Siellä rämeen keskellä kumpareella se seisoo vieläkin, harmaa sammaloitunut vanhus. Pitkäaikaisesta palveluksestaan huolimatta se ei saa edes kansaneläkkeen perusoaa ja suostuisiko tuo ryökäle lähtemään edes vanhainkotiin jos, nyt joku kävisi sille sellaista mahdollisuutta esittämässä. Kyseessä on viimeinen kuorimapukki, jolla aikoinaan parkkasin pöllejä, eli pakkasin kuorimaraudalla köyhyyttä puun ja kuoren väliin.

Siitä on aikaa jo yli kolmekymmentä vuotta. Omalla kohdallani se jäi viimeiseksi työmaaksi jolloin pöllejä parkattiin kuorimaraudan kanssa. Kukaties se oli peräti viimeinen käsin suoritettu pöllien kuorinta kotikylälläni. Sen kuorimapukin jäkeen tulivat parkkuukoneet ja myöhemmin kuitupuut alettiin kuljettaa tehtaalle kuorineen.

Kotisudullani kuorimapukkeja oli aikoinaan kahta eri mallia. Oli korkeajalkainen kommunistipukki ja matalajalkainen maalaisliittolainen pukki. Tieto siitä, että kuka nuo nimitykset on aikoinaan keksinyt, on varmasti jo häipynyt historian hämärään. Itse totuin käyttämään kommunistipukkia. Se oli jotenkin tukeva ja vakaa. Maalaisliittolainen pukki oli jotenkin epävarmempi. Se

127

pyrki pölliä kuorittaessa huojumaan molempiin suuntiin. Kuulijan ei ole mitään syytä närkästyä. Ei tämä ole mitään puoluepoliittista vihjailua, vaan huojuminen johtui yksinkertaisesti siitä syystä, että maalaisliittolaisen pukin tukijalat olivat lyhyemmät.

Vaikka kuorimapukki oli pelkkää puuta. Ainakin puheissa siinä oltiin näkevinään myös inhimillisiä piirteitä. Siksi kai sitä joskus sanottiin myös jätkän ainoaksi kotieläimeksi. Se ainakin on totta, että jokaisen kuorimapukin kanssa muodostui ajanoloon jonkinmoinen viha-rakkaussuhde, pukkiin oltiin joko tyytyväisiä tai sitten ei.

Viimeinen käytössäni ollut kuorimapukki näkyy puiden lomitse kotiini johtavalle tielle. Aikoinaan joskus harmittelin sitä, ettei tuota pukkia ole tullut käytyä kaatamassa nurin. Se kun oli olevinaan jonkinmoinen köyhyyden ja huonon ajan symboli. Nyt en enää suostuisi sitä kaatamaan. Jotenkin tuntuu siltä, että kun yhdessä on aikoinaan kestetty huonot ajat, niin eiköhän nämä hyvätkin ajat koeta yhdessä. Eihän sodassakaan kaveria jätetä, niin miksi sitten rauhan aikana pitäisi käyttäytyä näin raukkamaisesti. Sitäpaitsi kuorimapukki on menneinä vuosikymmeninä ollut siksi tärkeä apuväline Suomen talouselämässä, että olisiko se nyt niin kovin väärin, vaikka nostaisi jalustalle tuon viimeisen aikakautensa edustajan.

128

Viimeinen leipä

Tuskimpa sota-ajan lapsuus oli kenellekään mikään mukava kokemus. Puutetta oli lähes kaikesta. Mutta kun näin jälkeenpäin muistelee tuota aikaa, niin täytyy kyllä sanoa, että yhdessä suhteessa voin sanoa kuuluvani "etuoikeutettujen" joukkoon. Kertaakaan tähänastisen elämäni aikana en ole vielä joutunut kokemaan sitä päivää, että leipää ei olisi ollut ruokapöydässä tarjolla. Moni tämän ajan nuori varmasti ajattelee, että kummakos tuo nyt sitten on. Tosiasia kuitenkin on, että suuremmissa kaupungeissa on paljonkin oman ikäpolveni edustajia jotka ovat tämänkin "ihmeen" joutuneet kokemaan.

Kaksi eri kertaa myös omassa lapsuudessni tuo tilanne oli tosi lähellä. Oli talvi 1942. Vanhemmat perheemme lapset olivat jo koulussa ja pääsivät käymään kotona vain viikonloppuisin. Isäni oli jalkainvalidi, eikä näinollen kelvannut sotaan. Hän oli silloin savotassa muistaakseni jossakin Vepsän suunnalla. Olin äitini kanssa kahdestaan kotona. Kun aamupäivän ruokailu oli päättynyt niin talossa ei ollut leivän murentakaan jäljellä! Sen kuukauden korttiannoksia ei leipäviljan osalta oltu vielä saatu ja entiset olivat jo loppuneet. Vaikka olin vielä lapsi, niin tajusin vatsassani tilanteen vakavuuden varsin hyvin. Keskipäivällä äitini läksi käymään noin kolmen kilometrin päässä olevassa Siikalahden talossa. Talo oli vauras ja äitini sanoi, että jospa sieltä saisi ostettua leivän. Jäin yksin kotiin, enkä osannut pelätä millään tavoin yksinjäämistäni. Toisaalta mitä pelättävää minulla olisi kotona ollutkaan. Kun äitini tuli hiihtäen takaisin kotiin, niin ensimmäinen tehtävä oli tietenkin asettaa sukset seinää vasten pystyyn. Seurasin tarkasti ikkunasta onko äitini repussa jotakin, olihan hän lähtenyt kotoa tyhjän repun kanssa hiihtämään. Tulin siihen tulokseen, että repun sisällä täytyi olla jotakin! Sisälle pääsyään hän avasi repun ja nosti tuvan pöydälle Leivän!

Toinen läheltäpi titilanne sattui talvella 1944. Vanhemmat veljeni eivät olleet enää koulussa, vaan kävivät isämme mukana kotoa käsin savotassa Multikankaalla. Taas korttiannokset loppuivat, eikä uusia annoksia ollut vielä kaupassa saatavana! Elimme vuokralaisina, mutta edellisenä kesänä oli kumminkin maanomistajan luvalla kylvetty muutama aari ohraa. Ja nyt ne vähäiset ohrajauhot oli tosi tarpeeseen! Mutta omalta kohdaltani vaikeudet eivät loppuneet tähän. Karkeista ohrajauhoista leivottu rieska on tosi maukasta, mutta minä en kyennyt sitä nielemään. Vaikka kuinka yritin, niin en saanut sitä millään menemään alas! Varmaankin juuri tästä syystä viimeinen puolikas ruisleivästä jätettiin yksinomaan omaan käyttööni. Mutta vaikka kuinka säästäen yritin kuluttaa viimeistä leivänpuolikasta, niin loppuhan siitä vääjäämättä lopulla tuli. Viimeisellä aterialla leivästä oli enää jäljellä aikamiehen peukalonkynnen kokoinen kappale. Äitini sanoi, että syö pois se leivännokare, eihän sitä kannata enää säästää seuraavalle aterialle. Jäin pelonsekaisin tuntein odottamaan seuraavaa ateriaa.

Seuraavalla aterialla oli lihakeittoa ja varmaankin toisten antamien neuvojen mukaan sekoitin lämpimän keiton joukkoon pieniä rieskankappaleita. Ja niin rieskan muruset suostuivat menemään sinne, minne ne oli tarkoitettukin! Kun kerran alkuun oli pasty, niin vähitellen aloin pystyä syömään rieskaa ilman, että sitä oli ennakkoon tarvinnut kostuttaa millään tavoin. On uskomatonta miten arvokkaalta leipä voi tuntua silloin, kun tietää, että se on viimeinen!

Väärään aikaan

Kaikkia nykyajan ilmiöitä ei enää oikein jaksa ymmärtää. Jotenkin on tunne, että on syntynyt väärään aikaan. Mutta eipä kai siitä kannata juuri huolestuakaan. Onhan valtiomiehillekin sattunut tapauksia, että on väärään aikaan väärässä paikassa. Joten kummako tuo, jos tavalliselle henkselinkuluttajalle käy samoin.

Jotenkin tässä alkaa huolestua, kun ei satu olemaan ainuttakaan tätä nykymuodin mukaista ongelmaa. Identiteettikriisiä en ainakaan usko itselläni olevan, koska en satu tietämään, mitä sellaisella kriisillä ylipäätään tarkoitetaan. Sitäkään en varmuudella tiedä, olenko syrjäytynyt. Mutta jotenkin itselläni on sellainen tunne, että jos asunnossa on riittävästi lämpöä, saa joka päivä riittävästi ravintoa, eikä terveyden kanssa ole pahempia ongelmia, niin en ole erityisen kiinnostunut siitä, olenko syrjäytynyt vai en. Huumeongelmankin voi välttää siten, että ei käytä huumeita.

Toki myös työelämässä oli ennenkin ongelmia, se myönnettäköön, mutta kaikki ne ongelmat olivat erilaisia kuin nykyään. Työpaikkakiusaamista ei luullakseni juuri esiintynyt koskaan työpaikalla. Oli tehtävä töitä, eikä ollut aikaa toisten kiusaamiseen. Uskonpa, että työnantaja olisi pikaisesti antanut lopputilin työntekijälle, joka työntekemisen sijasta olisi alkanut kiusaamaan muita työntekijöitä. Tapahtuiko entisaikoina työpaikoilla sukupuolista häirintää, sitä en osaa sanoa. Kaipa siellä joku saattoi jonkun herjan heittää vastakkaisen sukupuolen edustajalle. Hän sai yleensä vielä paremman herjan takaisin, eikä asiasta puhuttu sen enempää. Ei elämässä kannata olla liian herkkähipiäinen. Varmaa on, että tänäpäivänä on monilla työpaikoilla kiire ja on työuupumusta. Omasta työhistoriikistani en tosin muista ainoatakaan päivää, ettenkö olisi illalla ollut väsynyt ja uupunut. Silloin siitä ei tosin julkisuudessa puhuttu mitään. Kaikki pitivät itsestään selvyytenä sitä, että työssä väsyy ja uupuu.

Laulussa sanotaan, että "ihanaa on olla vielä nuori". Monia nykyajan ilmiöitä sivusta seuranneena alkaa jotenkin toisinaan tuntumaan siltä, että on tässä vanhenemisessakin sentään jotain hyvää. Otetaanpa muutama esimerkki. Illalla voi rauhassa mennä levolle. Ei tarvitse aamuyölle saakka kiertää autolla samaa korttelia ja kuunnella autostereoista korvia raastavaa jumpun jumpun musiikkia. Ei ole mitään tarvetta kesken aterian lähettää tai vastaanottaa typeriä tekstiviestejä ympäri maailmaa, vaan voi rauhassa aterioida. Ei ole mikään pakko vuorokaudet ympäriinsä tuijottaa television kuvaruutua. Voi lukea, ulkoilla, tai kuunella hyvää musiikkia. Kylmällä säällä voi suojata päänsä lämpimällä karvahatulla, eikä tarvitse palelluttaa päätään. Voiko elämältä enää enempää toivoa!

Se tosin on laskettava miinukseksi, että kenenkään ei tarvitse nykyaikana ymmärtää vanhenevia ihmisiä. Jos nuori tuhrii maalilla julkisia rakennuksia, särkee puhelinkoppeja, tai käyttää huumeita, niin aina löytyy ammattiauttajia ja muita yhteiskunnan palkkaamia poppamiehiä, jotka"ymmärtää" näitä nuoria. Ajan ilmiö näyttää olevan tämäkin, että jos ihminen ei aiheuta ympäristölleen mitään vahinkoa, niin hänestä ei kenenkään tarvitse välittää mitään. Olen tässä vähin erin odotellut milloin liikuntakyvyttömille ja sairaille vanhuksille löytyy ymmärtäjiä ja auttajia siitäkin huolimatta, ettei heistä ole yhteiskunnalle mitään haittaa.

Älyvaate

Älykkääksi menee tämä nykyajan maailma. On älykoteja, älykortteja, älyvaatteita ynnä muuta roinaa. Kaikkialla on sitä paljonpuhuttua älyä. Saattaa kuitenkin olla, että kun ihmistä on lähdetty pukemaan älyvaatteisiin, niin siinä on lähdetty ikäänkuin väärästä päästä liikkeelle. Mitäpä nyt älyhousuilla ja älypuserolla on paljon virkaa. Eiköhän sentään ne ihmisen kaulasta alaspäin olevat asiat hoidu enempi vanhalla rutiinilla. Sanotaanhan niinkin, että luonto se on joka tikanpojan puuhun ajaa. Lukuisat sananlaskut vihjailevat vähän siihen suuntaan, ettei alapään asioissa paljon järkeä tarvita.

Sensijaan jos lähdetään ihmisen kaulasta matkaamaan ylöspäin, niin siellä tilanne on toisin. Kas kun älyvaatteiden valmistajat eivät ole tätä oivaltaneet. Alettaisiin valmistamaan älylippiksiä! Sen kun kaveri pistäisi päähänsä, niin toiset katselisivat kaateelisina, että siinä päässä sitä on järkeä! Älylippiksen kun pistäisi päähänsä, niin johan kelpaisi mennä vaikkapa torille seisoksimaan.

Samalla kun älylippikset menisivät hyvin kaupaksi, niin niistä saattaisi muodostua kaupalle uusi palvelumuoto. Tavaratalojen kassakoneisiin voitaisiin kehittää lisälaite, jossa älylippiksen pystyisi lataamaan uudelleen. Samalla kun asiakas kaupan kassalla maksaisi kortilla ostoksensa, niin palvelualtis myyjä kysyisi: "Tarvitsetko mahdollisesti lisää älyä?" Hetken ympärilleen vilkuiltuaan asiakas ojentaisi lippiksensä ja sanoisi alistuneella äänellä: "Eihän sitä koskaan ole liikaa!" Ja niin myyjä pyyhkäisisi lakinlipassa olevaa mngneettinauhaa kassakoneessa ja tyytyväinen asiakas lähtisi kotiinsa.

Kuten huomaamme paljon olisi vielä maailmassa keksijöille töitä!

Keksijät

Keksijöille saamme olla paljosta kiitollisia. Miten kätevää onkaan sulkea tai avata vetoketju. Liimata kirjekuori kiinni, tai tai kääriä teippiä paketin ympärille. Matkaradiosta voimme tempaista teleskooppiantennin ulos ja pistää pelin soimaan. Jos menet sisälle tavarataloon, niin heti oven läheisyydessä sinua on odottamassa hieno ostoskärry tavaroiden kuljetusta varten.

Kaikki olisi ihan kohdallaan, ellei keksijöiden kiusana olisi tuota inhoittavaa hylkiötä, eräänlaista vastakeksijää. Tuolla kirotulla tyypillä on näköjään aikaa ja energiaa häärätä jokaisen keksinnön kimpussa ja yrittää eliminoida jokaisen keksinnön hyvät ominaisuudet pois.

Viimeistään tässä vaiheessa lukija alkaa ihmetellä, mikä ihmeen vastakeksijä? Asian valaisemiseksi meidän jokaisen on syytä palauttaa mieliin ne monet epätoivoiset hetket, joita olemme kokeneet esim. riisuessamme yltä ulkoilupuseroa. Eikös vaan se vetoketju juuttunutkin juuri sopivasti sellaiseen paikkaan, ettei pää mahtunut aukosta ulos, eikä vetoketjua saanut millään vedettyä alas. Pirullisen ovela vastakeksijä oli suunnitellut vetoketjun viereen näppärän kangassuikaleen joka tunkeutuessaan vetoketjun väliin estää sen liikkumisen.

Olisi muuten mielenkiintoista tietää, miten vastakeksijä saisi ennakkoon suunniteltua sellaisen vetoketjun lukkiutumiskohdan juuri siten, ettei pää mahdu syntyneestä aukosta ulos. Ilmeisesti hänellä on jonkinnäköinen ovela matemaattinen kaava ongelman ratkaisemiseksi.

Matkaradion teleskooppiantennin juureen hän on onnistunut suunnittelemaan varsin kätevän nivelen. Kun vedämme antennin ulos, se kaatua pötkähtää ja senjälkeen radiosta kuuluu pelkkää pihinää ja suhinaa.

Kirjekuorissa olevan liiman joukkoon tuo häikäilemätön tyyppi on sekoittanut jotain erikoisainetta joka estää tartunnan. Onko mahdollisesti teipin tartunnan estämiseksi käytetty samaa ainetta. Se pitäisi tutkimusten avulla selvittää.

Luultavasti vastakeksijöillä on jonkinnäköinen yhteinen tiimi, jossa he yhdessä punovat juonia täysin syyttömien kanssaihmistensä kiusaksi. He ovat varmaankin aika luihun näköisiä tyyppejä. Aurinkolasit silmillä, takin kaulus käännetty pystyyn ja päässä leveälierinen hattu, painettuna hiukan viistosti otsalle.

Epäilemättä olisi ollut mielenkiintoista seurata salaisesta piilopaikasta, kun vastakeksijöiden tiimi on pohtinut miten tavaratalojen ostoskärryjen käyttöä voitaisiin hankaloittaa. Hetken miettimisajan jälkeen jollakin tiimin jäsenellä on välähtänyt. Pistetään niihin sellainen lisäosa, että ne tarttuvat kiinni toisiinsa. Kun asiakas yrittää ottaa yhden kärryn mukaansa, niin kokonainen letka kärryjä lähtee liikkeelle! Toiset tiimin jäsenet ovat päästäneet ivanaurun ja taputelleet kaveria hartioihin, sinäpä sen sanoit, niin me teemme!

Kaikki diktaattorit ja muut yksinvaltiaat ovat jotenkin epäjohdonmukaista porukkaa. Mitä ihmettä hyödyttää vainota toisinajattelijoita, kansallisia vähemmistöjä, tai vaikkapa tummaihoisia. Eihän heistä ole kenellekään mitään haittaa eikä vahinkoa. Miksi he eivät voi suunnata toimintatarmoaan, keksintöjään ja vaikutusvaltaansa paljon käytännönläheisempiin asioihin. Siitä hyötyisi koko kansa.

Vaikkapa tähän tapaan; Tuhansiin nouseva kansanjoukko on kokoontunut kaupungin keskusaukiolle heiluttamaan pienoislippuja ja huutamaan rytmikkäästi hallitsevan diktaattorin nimeä. Kun suosionosoitukset vihdoin päättyvät, diktaattori jatkaa keskeytynyttä puhettaan. Hän heristää nyrkkiään pään yläpuolella ja kiljuu käheällä äänellä. "Se maamme kansalainen, joka on suunnitellut kiinnijuuttuvan vetoketjun, hänellä on kaksitoista tuntia aikaa poistua maasta!"

Tämä olkoon vaan pieneksi vinkiksi kaikille maailman diktaattoreille!

Kylä joka ei ollut kylä

Kotikyläni sijaitsee Kuhmon kaupungin Katermankylän pohjoisimmalla reunalla, järvien ympäröimänä. Kylän eteläpuolella on Simunanjärvi ja pohjois- ja itäpuolella ovat taas Kärenjävi, Mustanjärvi ja Pitkänjärvi.

Useimmat ihmiset tuntevat ainakin jonkinnäköistä kotiseuturakkautta ja intoilevat oman kotiseutunsa puolesta. Itse en koskaan ole tuntenut minkäänlaista tarvetta elämöidä näillä asiolla. Tässä jutussa on tarkoitus kertoa siitä miksi näin on.

Syntymäkotini Kähkösenaho on kylän reunimmainen talo läntisellä ilmansuunnalla. Elämäni ensimmäiset kymmenen vuotta asuimme talossa vuokralaisina. Jo tämä oli omiaan lisäämään juurettomuuden tunnetta. Lisäksi kylän muut talot sijaitsevat kahden vesistön välissä Katermankylän äärimmäisellä reunalla. Talojen syrjäisestä sijainnista johtui, että emme elimellisesti kuuluneet oikeastaan minnekkään. Esim ensimmäinen postiosoite on kotiini saatu vasta joskus vuonna1937.

Kirkonkylälle johtava suunta on kylältä ainoa jonne vesistöt eivät katkaise normaaleja kulkuyhteyksiä. Kuhmon kirkonkylälle oli kuitenkin erittäin huono tieyhteys ja matkaa yli kymmenen kilometriä, joten emme luontevasti kuuluneet myöskään kirkonkylän vaikutuspiiriin. Alunperin kotiseutuni talot ovat kuuluneet kirkonkylän koulupiiriin. mutta kun Sylväjän koulu on perustettu vuonna 1938, on kotini ja muut kylän talot keksitty liittää Sylväjän koulupiiriin. Tämä jos mikä on ollut kotikylääni ajatellen suorastaan kohtalokas tapahtuma. Kirkonkylän kansakoulun yhdeydessä olisi ollut oppilasasuntola ja kouluun johtavalla tiellä ei olisi ollut vesistöjen muodostamia, kulkemista haittaavia esteitä. Sylväjän koululla ei oppilasasuntolaa ollut, joten oppilaiden vanhemmat joutuivat järjestämään majoituksen koulun lähitaloista, mikäli onnistuivat saamaan. Sylväjän koulu on myös monen järven ja joen takana, joten kulkuyhteys sinne oli erittäin huono. Käytännössä oppilaat on jouduttu lähettämään siihen kouluun, johon oppilaiden majoitus on jotenkin onnistuttu järjestämään. Tästä on ollut seurauksena, että kotikylältäni on ollut oppilaita vuosien varrella yhteensä kuudessa eri koulupiirissä! Tämä lienee lajissaan epävirallinen maailmanennätys.

Karttalehdelle kotikyläni keskivaiheille voisimme piirtää ympyrän jonka halkaisija olisi noin 2,5 kilometriä. Näin muodostuneen ympyrän sisälle sijoittuisi kaikkiaan kuusi kyläryhmän taloista. Näistä kuudesta talosta joutui toisessa maailmansodassa lähtemään rintamalle yhteensä kymmenen miestä. Näistä kymmenestä sotaan osallistuneesta kotikyläni miehestä neljä kaatui ja neljä haavoittui. On siinä uhria kerrakseen kuuden talon osalle! Voisi kuvitella, että kylä on viimeisen päälle lunastanut oikeutensa olla tasavertainen muiden kylien kanssa! Mutta mitä vielä.

Maantie kylälle saatiin yhtenä kaikkein viimeisistä kuhmolaiskylistä vuonna 1964. Myös postin kanto saatiin kylälle järjestymään myöhään, vasta kuusikymmenluvun alkuvuosina. Siikalahden koulu, jonka koulupiiriin kotikyläni kuului perustettiin vuonna 1956 toiseksi viimeisenä Kuhmon ns perukan kouluista. Koulu lakkautettiin myös varsin varhaisessa vaiheessa vuonna 1970.

Ihminen tarvitsee kiinteät siteet lähiympäristöönsä, ennenkuin hän voi tuntea asuinpaikkansa omaksi kotiseudukseen. Juureton ihminen ei ole sidoksissa mihinkään viiteryhmään tai joukkoon. Kansakoulu oli kotoani senverran kaukana, etten koskaan tuntenut kuuluvani samaan joukkoon muiden oppilaiden kanssa. Myös muut kotiseutuani ympäröivät kyläryhmät jäivät huonojen kulkuyhteyksien vuoksi enemmän tai vähemmän vieraiksi. Mitään eri kylien yhteisiä juhlatilaisuuksia ei erityisemmin entisinä aikoina harrastettu. Näillä jos millä olisi ollut korvaamaton merkitys yhteisen identiteetin muodostajana ja vahvistajana.

Omalla kohdallani kävi valitettavasti niin, että oma synnyinseutu minulla nuoruudessani tietenkin oli,mutta en voinut tuntea omistavani omaa kotiseutua. Etenkin nuorena tunsin pikemminkin olevani jonkinnäköinen maailmankansalainen, enemmän kuin suomalainen. Mitä haittaa oman kotiseudun puuttumisesta on sitten elämän varrella ollut? Riippuu tietenkin siitä mitkä asiat halutaan laskea haitaksi tai hyödyksi.

Etenkin nuoruudessani usein ihmettelin, miten jotkut intoilivat urheilukilpailuissa jonkun joukkueen tai yksittäisen kilpailijan puolesta. Itselleni oli aina samantekevää kuka voittaa tai häviää. Toki menin lukuisia kertoja itseeni ja mietin sisimmässäni sitä, miksi tässä suhteessa olin perinjuurin erilainen nuori muiden rinnalla. Tänäpäivänä olen valmis sanomaan, ettei siinä ole mitään ihmettelemistä. Kenen puolesta minun olisi sitten kuulunut intoilla? Jos ihminen ei varmuudella pysty sanomaan edes sitä, missäpäin hänen oma kyläkoulunsa sijaitsee, muista oman kotiseudun tunnusmerkeistä puhumattakaan, niin kenen puolella hänen kuuluisi olla?

Seitsemänkymmentäluvun alkuvuosina olin nuorena miehenä rakennustöissä Helsingissä. Siellä osallistuin myös ensikerran elämässäni toisten rakennustyöläisten kanssa vappumarssiin Hakaniementorilta Senaatintorille. Seisoin ruodussa toisten rakennustyöläisten kanssa ja odotin marssin alkamista. Meillä kaikilla oli yhteinen huoli toimeentulosta ja siten myös yhteiset tavoitteet ajettavanamme. Kun torvisoittokunta aloitti alkumarssin ja oma ruotuni lähti liikkeelle niin sitä tunnetta en voi unohtaa milloinkaan! Onneksi minulla oli tummat aurinkolasit silmieni suojana. Muussa tapauksessa lähimmät marssitoverini olisivat huomanneet, että minulla oli sillä hetkellä kyyneleet silmissä. Ensikerran elämässäni tunsin kuuluvani varmuudella johonkin joukkoon! Tunsin aidosti olevani osa suurempaa kokonaisuutta jossa ei tarvinnut tuntea olevansa ulkopuolinen. En enää ollut juureton ja vailla tarkoitusta oleva ihminen. Silloin ensikerran elämässäni aidosti tajusin miten tärkeätä ihmisen identiteetille on olla jonkin joukon tai ryhmän jäsen.